ŒUVRES DE MILAN KUNDERA

Aux Éditions Gallimard

LA PLAISANTERIE, *roman.*

RISIBLES AMOURS, *nouvelles.*

LA VIE EST AILLEURS, *roman.*

LA VALSE AUX ADIEUX, *roman.*

LE LIVRE DU RIRE ET DE L'OUBLI, *roman.*

L'INSOUTENABLE LÉGÈRETÉ DE L'ÊTRE, *roman.*

L'IMMORTALITÉ, *roman.*

LA LENTEUR, *roman.*

L'IDENTITÉ, *roman.*

L'IGNORANCE, *roman.*

LA FÊTE DE L'INSIGNIFIANCE, *roman.*

JACQUES ET SON MAÎTRE. Hommage à Denis Diderot en trois actes, *théâtre.*

L'ART DU ROMAN, *essai.*

LES TESTAMENTS TRAHIS, *essai.*

LE RIDEAU, essai en sept parties, *essai.*

UNE RENCONTRE, *essai.*

Tous ces livres sont publiés en deux tomes dans la Bibliothèque de la Pléiade, avec préface et biographies des œuvres par François Ricard.

ŒUVRE.

LA FÊTE DE L'INSIGNIFIANCE

MILAN KUNDERA

LA FÊTE DE L'INSIGNIFIANCE

roman

GALLIMARD

*Il a été tiré de l'édition originale de cet ouvrage
quatre-vingts exemplaires sur vélin rivoli
des papeteries Arjowiggins numérotés de 1 à 80.*

PREMIÈRE PARTIE

Les héros se présentent

Alain médite sur le nombril

C'était le mois de juin, le soleil du matin sortait des nuages et Alain passait lentement par une rue parisienne. Il observait les jeunes filles qui, toutes, montraient leur nombril dénudé entre le pantalon ceinturé très bas et le tee-shirt coupé très court. Il était captivé; captivé et même troublé : comme si leur pouvoir de séduction ne se concentrait plus dans leurs cuisses, ni dans leurs fesses, ni dans leurs seins, mais dans ce petit trou rond situé au milieu du corps.

Cela l'incita à réfléchir : Si un homme (ou une époque) voit le centre de la séduction féminine dans les cuisses, comment décrire et définir la particularité de cette orientation érotique? Il improvisa une réponse : la longueur des cuisses est l'image métaphorique du chemin, long et fascinant (c'est pourquoi il faut que les cuisses soient longues), qui mène vers l'accomplissement érotique; en effet, se dit Alain, même au milieu du coït, la longueur des cuisses prête à la femme la magie romantique de l'inaccessible.

Si un homme (ou une époque) voit le centre de la séduction féminine dans les fesses, comment décrire et définir la particularité de cette orientation érotique? Il improvisa une réponse : brutalité; gaieté; le chemin le plus court vers le but; but d'autant plus excitant qu'il est double.

Si un homme (ou une époque) voit le centre de la séduction féminine dans les seins, comment décrire et définir la particularité de cette orientation érotique? Il improvisa une réponse : sanctification de la femme; la Vierge Marie allaitant Jésus; le sexe masculin agenouillé devant la noble mission du sexe féminin.

Mais comment définir l'érotisme d'un homme (ou d'une époque) qui voit la séduction féminine concentrée au milieu du corps, dans le nombril?

Ramon se promène
dans le jardin du Luxembourg

À peu près au même moment où Alain était en train de réfléchir sur les différentes sources de la séduction féminine, Ramon se trouvait devant le musée situé tout près du jardin du Luxembourg, où l'on exposait, depuis un mois déjà, des tableaux de Chagall. Il voulait les voir, mais il savait d'avance qu'il ne trouverait pas la force de se laisser transformer bénévolement en une partie de cette interminable queue qui lentement se traînait vers la caisse ; il observa les gens, leurs visages paralysés par l'ennui, imagina les salles où leurs corps et leurs papotages couvriraient les tableaux, si bien qu'au bout d'une minute il se détourna et emprunta une allée à travers le parc.

Là, l'atmosphère était plus agréable ; le genre humain paraissait moins nombreux et plus libre : il y en avait qui couraient, non parce qu'ils étaient pressés mais parce qu'ils aimaient courir ; il y en avait qui se promenaient et mangeaient des glaces ; il y avait sur le gazon des disciples d'une école asiatique qui faisaient des mouvements bizarres et lents ; plus loin, dans un immense cercle, il y avait les grandes statues blanches de

15

reines et d'autres nobles dames de France et, encore plus loin, sur le gazon parmi les arbres, dans toutes les directions du parc, des sculptures de poètes, de peintres, de savants ; il s'arrêta devant un adolescent bronzé qui, séduisant, nu sous son caleçon court, lui offrit des masques représentant les visages de Balzac, de Berlioz, de Hugo, de Dumas. Ramon ne put refréner un sourire et continua sa flânerie dans ce jardin des génies qui, modestes, entourés de la gentille indifférence des promeneurs, devaient se sentir agréablement libres ; personne ne s'arrêtait pour observer leurs visages ou lire les inscriptions sur les socles. Cette indifférence, Ramon la respirait comme un calme qui console. Peu à peu, un long sourire presque heureux apparut sur son visage.

Le cancer n'aura pas lieu

À peu près au même moment où Ramon renonçait à l'exposition Chagall et choisissait de flâner dans le parc, D'Ardelo montait l'escalier menant au cabinet de son médecin. On était, ce jour-là, juste trois semaines avant son anniversaire. Depuis plusieurs années déjà, il avait commencé à les détester, les anniversaires. À cause des chiffres qui leur collaient dessus. Pourtant, il n'arrivait pas à les snober, car le bonheur d'être fêté l'emportait chez lui sur la honte de vieillir. D'autant plus que, cette fois, la visite chez le médecin ajoutait à la fête une couleur nouvelle. Car c'était aujourd'hui qu'il devait connaître les résultats de tous les examens qui lui diraient si les symptômes suspects découverts dans son corps étaient dus ou non au cancer. Il entra dans la salle d'attente et se répéta intérieurement, d'une voix tremblante, que dans trois semaines il fêterait à la fois sa naissance si lointaine et sa mort si proche; qu'il célébrerait une double fête.

Mais dès qu'il vit le visage souriant du médecin, il comprit que la mort s'était désinvitée. Le médecin lui serra fraternellement la main. Les larmes aux yeux, D'Ardelo ne put prononcer un seul mot.

Le cabinet du médecin se trouvait avenue de l'Observatoire, à quelque deux cents mètres du jardin du Luxembourg. Comme D'Ardelo habitait une petite rue de l'autre côté du parc, il entreprit de le retraverser. La promenade dans la verdure rendit sa bonne humeur presque folâtre, surtout quand il contourna le grand cercle formé par les statues des anciennes reines de France, toutes sculptées dans le marbre blanc, en pied, dans des poses solennelles qui lui parurent drôles, sinon gaies, comme si ces dames voulaient acclamer ainsi la bonne nouvelle qu'il venait d'apprendre. Ne pouvant se dominer, il les salua deux ou trois fois de sa main levée et éclata de rire.

Le charme secret d'une grave maladie

C'est quelque part par là, à proximité des grandes dames en marbre, que Ramon rencontra D'Ardelo qui, l'année d'avant, était encore son collègue dans une institution dont le nom ne nous intéresserait pas. Ils s'arrêtèrent l'un en face de l'autre et, après les salutations d'usage, D'Ardelo, d'une voix étrangement excitée, se mit à raconter :

« Ami, vous connaissez La Franck ? Il y a deux jours, son bien-aimé est mort. »

Il fit une pause et dans la mémoire de Ramon

apparut le visage d'une belle femme célèbre qu'il ne connaissait que d'après des photos.

« Une agonie très douloureuse, continua D'Ardelo. Elle a tout vécu avec lui. Oh, comme elle a souffert ! »

Captivé, Ramon regardait le visage joyeux lui racontant une histoire funèbre.

« Figurez-vous que le soir même du jour où, le matin, elle l'avait tenu mourant entre ses bras, elle dînait avec quelques amis et moi et, vous ne le croirez pas, elle était presque gaie ! Je l'admirais ! Cette force ! Cet amour de la vie ! Les yeux encore rougis par les pleurs, elle riait ! Et pourtant nous savions tous combien elle l'avait aimé ! Combien elle avait dû souffrir ! Cette femme est d'une force ! »

Exactement comme un quart d'heure plus tôt chez le médecin, des larmes brillèrent dans les yeux de D'Ardelo. Car, en parlant de la force morale de La Franck, il pensait à lui-même. N'avait-il pas vécu lui aussi tout un mois en présence de la mort ? La force de son caractère n'avait-elle pas été soumise elle aussi à rude épreuve ? Même devenu un simple souvenir, le cancer restait avec lui comme la lumière d'une petite ampoule qui, mystérieusement, l'émerveillait. Mais il réussit à dominer ses sentiments et passa à un ton plus prosaïque : « À propos, si je ne me trompe pas, vous connaissez quelqu'un qui sait organiser des cocktails, s'occuper de la bouffe et de tout cela.

— En effet », dit Ramon.

Et D'Ardelo : « Je vais faire une petite fête pour mon anniversaire. »

Après les propos excités sur la célèbre Franck, le ton léger de la dernière phrase permit à Ramon de sourire : « Je vois que votre vie est joyeuse. »

Curieux ; cette phrase ne plut pas à D'Ardelo. Comme si son ton trop léger anéantissait l'étrange beauté de sa bonne humeur marquée magiquement par le pathos de la mort dont le souvenir ne cessait de l'habiter : « Oui, dit-il, ça va » et puis, après une pause, il ajouta : « ... même si... »

Il fit encore une pause, puis : « Vous savez, je viens de voir mon médecin. »

L'embarras sur le visage de son interlocuteur lui plut ; il prolongea le silence, si bien que Ramon ne put que demander : « Et alors ? Il y a des problèmes ?

— Il y en a. »

De nouveau D'Ardelo se tut, et de nouveau Ramon ne put que demander : « Qu'est-ce qu'il vous a dit, le médecin ? »

Ce fut le moment où D'Ardelo vit dans les

yeux de Ramon son propre visage comme dans un miroir : le visage d'un homme déjà âgé, mais toujours beau, marqué d'une tristesse qui le rendait encore plus attirant; il se dit que ce bel homme triste allait bientôt célébrer son anniversaire et l'idée qu'il avait caressée avant sa visite chez le médecin lui resurgit dans la tête, la ravissante idée d'une double fête célébrant à la fois la naissance et la mort. Il continua à s'observer dans les yeux de Ramon, puis, d'une voix très calme et très douce, il dit : « Cancer... »

Ramon bégaya quelque chose et, maladroitement, fraternellement, toucha de sa main le bras de D'Ardelo : « Mais ça se soigne...

— Trop tard, hélas. Mais oubliez ce que je viens de vous dire, n'en parlez à personne; et pensez d'autant plus à mon cocktail. Il faut vivre ! » dit D'Ardelo et, avant de continuer son chemin, en signe de salut il leva sa main et ce geste discret, presque timide, avait un charme inattendu qui émut Ramon.

La rencontre des deux anciens collègues s'acheva par ce beau geste. Mais je ne peux pas éluder une question : Pourquoi D'Ardelo avait-il menti?

Cette question, D'Ardelo lui-même se la posa tout de suite après et lui non plus ne sut pas la réponse. Non, il n'avait pas honte d'avoir menti. Ce qui l'intriguait, c'était son incapacité de comprendre la raison de ce mensonge. Normalement, si l'on ment c'est pour tromper quelqu'un et en retirer un avantage quelconque. Mais que pouvait-il gagner à inventer un cancer? Curieusement, en pensant au non-sens de son mensonge, il ne put s'empêcher de rire. Et ce rire, lui aussi, était incompréhensible. Pourquoi riait-il? Trouvait-il son comportement comique? Non. Le sens du comique n'était d'ailleurs pas son fort. Tout bonnement, sans savoir pourquoi, son cancer imaginaire le réjouissait. Il poursuivit son chemin et continua de rire. Il riait et se réjouissait de sa bonne humeur.

Une heure après sa rencontre avec D'Ardelo, Ramon était déjà chez Charles. « Je t'apporte un cocktail en cadeau, dit-il.

— Bravo! Cette année on en aura besoin, dit Charles qui invita son ami à s'asseoir devant une table basse en face de lui.

— Un cadeau à toi. Et à Caliban. D'ailleurs où est-il?

— Où devrait-il être? À la maison, chez sa femme.

— Mais j'espère que pour les cocktails, il reste avec toi.

— Bien sûr. Les théâtres se foutent toujours de lui. »

Ramon aperçut, posé sur la table, un livre assez épais. Il se pencha et ne put cacher sa surprise : « *Souvenirs* de Nikita Khrouchtchev. Pourquoi?

— C'est notre maître qui me l'a donné.

— Mais qu'est-ce qu'il a pu y trouver d'intéressant, notre maître?

— Il a souligné pour moi quelques paragraphes. Ce que j'ai lu était assez drôle.

— Drôle?

— L'histoire des vingt-quatre perdrix.

— Quoi?

— L'histoire des vingt-quatre perdrix. Tu ne connais pas? C'est pourtant par là que le grand changement du monde a commencé!

— Le grand changement du monde? Rien de moins?

— Rien de moins. Mais dis-moi, quel cocktail et chez qui? »

Ramon lui expliqua et Charles demanda : « Et c'est qui, ce D'Ardelo? Un con comme tous mes clients?

— Bien sûr.

— Sa bêtise, elle est de quel genre?

— De quel genre est sa bêtise... » répéta Ramon, pensif; puis : « Tu connais Quaquelique?

La leçon de Ramon
sur le brillant et l'insignifiant

« Mon vieil ami Quaquelique, continua Ramon, est l'un des plus grands coureurs que j'aie jamais connus. Une fois, j'ai assisté à une soirée où ils étaient tous les deux, D'Ardelo et lui. Ils ne se connaissaient pas. Ce n'était que par hasard qu'ils se trouvaient dans le même salon bondé et D'Ardelo n'avait probablement même pas remarqué la présence de mon ami. Il y avait là de très belles femmes et D'Ardelo en est fou. Il est prêt à faire l'impossible pour qu'elles s'intéressent à lui. C'est un feu d'artifice d'esprit qui est sorti de sa bouche ce soir-là.

— Provocateur?

— Le contraire. Même ses blagues sont toujours morales, optimistes, correctes, mais en même temps si élégamment formulées, alambiquées, difficiles à comprendre qu'elles attirent l'attention sans provoquer d'écho immédiat. Il faut attendre trois ou quatre secondes avant que lui-même éclate de rire, puis patienter quelques secondes encore avant que les autres comprennent et se joignent poliment à lui. Alors, au moment où tout le monde se met à rire — et je te prie d'apprécier ce raffinement! — il devient sérieux; comme désintéressé, presque blasé, il observe les gens et, secrètement, vaniteusement, se réjouit de leur rire. Le comportement de Quaquelique est tout le contraire. Non qu'il soit silencieux. Quand il est parmi les gens, il marmonne sans cesse quelque chose de sa voix faible qui

25

siffle plutôt qu'elle ne parle, mais rien de ce qu'il dit n'attire l'attention. »

Charles rit.

« Ne ris pas. Parler sans attirer l'attention, ce n'est pas facile ! Être toujours présent par sa parole et pourtant rester inentendu, cela demande de la virtuosité !

— Le sens de cette virtuosité m'échappe.

— Le silence attire l'attention. Il peut impressionner. Te rendre énigmatique. Ou suspect. Et c'est précisément ce que Quaquelique veut éviter. Comme lors de cette soirée dont je te parle. Il y avait là une très belle dame qui fascinait D'Ardelo. De temps en temps, Quaquelique s'adressait à elle par une remarque tout à fait banale, inintéressante, nulle, mais d'autant plus agréable qu'elle n'exigeait aucune réponse intelligente, aucune présence d'esprit. Après un certain temps, je constate que Quaquelique n'est plus là. Intrigué, j'observe la dame. D'Ardelo venait de prononcer un de ses bons mots, le silence de cinq secondes a suivi, puis il a éclaté de rire et, après trois autres secondes, les autres l'ont imité. À ce moment, dissimulée derrière le paravent du rire, la femme s'est éloignée vers la sortie. D'Ardelo, flatté par l'écho que ses bons mots ont provoqué, continue ses exhibitions verbales. Un peu plus tard il remarque que la belle n'est plus là. Et, parce qu'il ne sait rien de l'existence d'un Quaquelique, il ne peut s'expliquer sa disparition. Il n'a rien compris, et encore aujourd'hui il ne comprend rien à la valeur de l'insignifiance. Voilà ma réponse à ta question sur le genre de la bêtise de D'Ardelo.

— L'inutilité d'être brillant, oui, je comprends.

— Plus que l'inutilité. La nocivité. Quand un type brillant essaie de séduire une femme, celle-ci a l'impression d'entrer en compétition. Elle se sent obligée de briller elle aussi. De ne pas se donner sans résistance. Alors que l'insignifiance la libère. L'affranchit des précautions. N'exige aucune présence d'esprit. La rend insouciante et, partant, plus facilement accessible. Mais passons. Avec D'Ardelo, tu n'auras pas affaire à un insignifiant mais à un Narcisse. Et fais attention au sens exact de ce mot : un Narcisse, ce n'est pas un orgueilleux. L'orgueilleux méprise les autres. Les sous-estime. Le Narcisse les surestime, parce qu'il observe dans les yeux de chacun sa propre image et veut l'embellir. Il s'occupe donc gentiment de tous ses miroirs. Et c'est ce qui compte pour vous deux : il est gentil. Bien sûr, pour moi c'est surtout un snob. Mais même entre lui et moi, quelque chose a changé. J'ai appris qu'il était gravement malade. Et depuis ce moment, je le vois différemment.

— Malade ? De quoi ?

— Cancer. J'ai été surpris de constater à quel point cela m'a attristé. Il est peut-être en train de vivre ses derniers mois. »

Puis, après une pause : « J'ai été ému par la façon dont il m'en a parlé... très laconique, pudique même... sans aucun pathos exhibé, sans aucun narcissisme. Et tout d'un coup, peut-être pour la première fois, j'ai ressenti pour ce connard une vraie sympathie... une vraie sympathie... »

DEUXIÈME PARTIE

Le théâtre de marionnettes

Les vingt-quatre perdrix

Après ses longues journées fatigantes, Staline aimait rester encore quelque temps avec ses collaborateurs et se reposer en leur racontant des petites histoires de sa vie. Par exemple celle-ci :

Un jour, il décide d'aller à la chasse. Il endosse une vieille parka, chausse des skis, prend un long fusil et parcourt treize kilomètres. Alors, devant lui, sur un arbre, il voit des perdrix perchées. Il s'arrête et les compte. Il y en a vingt-quatre. Mais quelle poisse ! Il n'a pris avec lui que douze cartouches ! Il tire, en tue douze, puis il se détourne, refait les treize kilomètres jusque chez lui et prend encore une douzaine de cartouches. De nouveau il parcourt les treize kilomètres pour se retrouver devant les perdrix toujours perchées sur le même arbre. Et il les tue enfin toutes...

« Cela t'a plu ? » demande Charles à Caliban qui rit : « Si c'était vraiment Staline qui m'avait raconté cela, je l'applaudirais ! Mais d'où tiens-tu cette histoire ?

— Notre maître m'a apporté en cadeau ce livre-ci, les *Souvenirs* de Khrouchtchev édité en France il y a déjà très très longtemps. Khrouchtchev y rapporte l'histoire des perdrix telle que Staline l'avait racontée à leur petite assemblée. Mais d'après ce qu'écrit Khrouchtchev, personne n'a réagi comme toi. Personne n'a ri. Tous sans exception trouvaient absurde ce que Staline leur avait raconté et étaient dégoûtés par son mensonge. Pourtant ils se taisaient et seul Khrouchtchev a eu le courage de dire à Staline ce qu'il pensait. Ecoute ! »

Charles ouvrit le livre et lut lentement, à haute voix : « "Quoi ? Tu veux vraiment dire que les perdrix n'avaient pas quitté leur branche ? dit Khrouchtchev.

« — Parfaitement, répond Staline, elles étaient restées perchées au même endroit." »

« Mais l'histoire n'est pas finie, car il faut que tu saches qu'à la fin de leurs journées de travail tous se rendaient à la salle de bains, une grande salle qui servait aussi de toilettes. Imagine. Sur un mur une longue rangée d'urinoirs, sur le mur d'en face des lavabos. Des urinoirs en forme de coquilles, en céramique, tous colorés, avec des ornements en motifs de fleurs. Chaque membre du clan de Staline avait son propre urinoir créé et signé par un artiste différent. Seul Staline n'en avait pas.

— Et il pissait où, Staline?

— Dans un cabinet solitaire, de l'autre côté du bâtiment; et puisqu'il pissait seul, jamais avec ses collaborateurs, ceux-ci, dans les toilettes, se trouvaient divinement libres et osaient dire enfin à voix haute tout ce qu'ils étaient obligés de taire en présence du chef. Notamment ce jour où Staline leur a raconté l'histoire des vingt-quatre perdrix. Je vais te citer encore Khrouchtchev : "… en nous lavant les mains, dans la salle de bains, nous crachâmes de mépris. Il mentait! Il mentait! Aucun de nous n'en doutait."

— Et c'était qui, ce Khrouchtchev?

— Quelques années après la mort de Staline il est devenu le chef suprême de l'empire soviétique. »

Après une pause Caliban dit : « La seule chose qui me paraît incroyable dans toute cette histoire, c'est que personne n'a compris que Staline blaguait.

— Bien sûr », dit Charles et il reposa le livre sur la table : « Car personne autour de lui ne savait plus ce que c'est qu'une blague. Et c'est par cela, à mes yeux, qu'une nouvelle grande période de l'Histoire annonçait sa venue. »

Charles rêve d'une pièce
pour le théâtre de marionnettes

Dans mon vocabulaire de mécréant, un seul mot est sacré : l'amitié. Les quatre compagnons que je vous ai fait connaître, Alain, Ramon, Charles et Caliban, je les aime. C'est par sympathie pour eux qu'un jour j'ai apporté le livre de Khrouchtchev à Charles afin qu'ils s'en amusent tous.

Tous les quatre connaissaient déjà l'histoire des perdrix, y compris son magnifique finale aux toilettes, quand un jour Caliban se plaignit à Alain : « J'ai rencontré ta Madeleine. Je lui ai raconté l'histoire des perdrix. Mais pour elle ce n'était qu'une anecdote incompréhensible à propos d'un chasseur! Le nom de Staline, peut-être, elle connaissait vaguement, mais elle ne comprenait pas pourquoi un chasseur portait ce nom...

— Elle n'a que vingt ans, dit doucement Alain pour défendre sa petite amie.

— Si je compte bien, intervint Charles, ta Madeleine est née quelque quarante ans après la mort de Staline. Moi, avant de naître, j'ai dû attendre dix-sept années après sa mort. Et toi, Ramon, quand Staline est mort — il fit une pause pour calculer puis, un peu embarrassé — : Mon Dieu, tu étais déjà au monde!

— J'ai honte, mais c'est vrai.

— Si je ne me trompe pas, continua Charles en s'adressant toujours à Ramon, ton grand-père a signé avec d'autres intellectuels une pétition pour soutenir Staline, le grand héros du progrès.

— Oui, admit Ramon.

— Ton père, j'imagine, était déjà un peu sceptique à son égard, ta génération encore plus, et pour la mienne il était devenu le criminel des criminels.

— Oui, c'est comme ça, dit Ramon. Les gens se rencontrent dans la vie, bavardent, discutent, se querellent, sans se rendre compte qu'ils s'adressent les uns aux autres de loin, chacun depuis un observatoire dressé en un lieu différent du temps. »

Après une pause, Charles dit : « Le temps court. Grâce à lui, nous sommes d'abord vivants, ce qui veut dire : accusés et jugés. Puis, nous mourons, et nous restons encore quelques années avec ceux qui nous ont connus, mais très tôt un autre changement se produit : les morts deviennent des vieux morts, personne ne se souvient plus d'eux et ils disparaissent dans le néant; seuls quelques-uns, très très rares, laissent leurs noms dans les mémoires mais, privés de tout témoin authentique, de tout souvenir réel, ils se transforment en marionnettes... Mes amis, je suis fasciné par cette histoire que Khrouchtchev raconte dans ses *Souvenirs*, et je ne peux pas me débarrasser de l'envie d'inventer d'après elle une pièce pour le théâtre de marionnettes.

— Le théâtre de marionnettes? Tu ne veux pas être joué à la Comédie-Française? se moqua Caliban.

— Non, dit Charles, car si cette histoire de Staline et de Khrouchtchev était jouée par des êtres humains, ce serait une tromperie. Personne n'a le droit de faire semblant de restituer une existence humaine qui n'est plus. Personne n'a le droit de créer un homme à partir d'une marionnette.

La révolte dans les toilettes

« Ils me fascinent, ces camarades de Staline, continua Charles. Je les imagine criant leur révolte dans la salle des toilettes ! Ils avaient tant attendu ce beau moment où ils pourraient enfin dire à haute voix tout ce qu'ils pensaient. Mais il y avait quelque chose dont ils ne se doutaient pas : Staline les observait et attendait ce moment avec la même impatience ! Le moment où toute sa bande s'en irait aux toilettes était un délice pour lui aussi ! Mes amis, je le vois ! Discrètement, sur la pointe des pieds, il passe par un long couloir, puis pose l'oreille contre la porte des toilettes et écoute. Ces héros du politburo, ils crient, ils trépignent, ils le maudissent, et lui, il les entend et il rit. "Il a menti ! Il a menti !" hurle Khrouchtchev, sa voix résonne, et Staline, l'oreille collée à la porte, oh je le vois, je le vois, Staline savoure l'indignation morale de son camarade, il s'esclaffe comme un fou et n'essaie même pas de contenir le volume sonore de son rire, parce que ceux qui sont aux toilettes, hurlant eux aussi comme des fous, ne peuvent pas l'entendre dans leur brouhaha.

— Oui, tu nous l'as déjà raconté, dit Alain.

— Oui, je le sais. Mais le plus important, c'est-à-dire la vraie raison pour laquelle Staline aimait se répéter et racontait toujours la même histoire des vingt-quatre perdrix à son même petit public, je ne vous l'ai pas encore dite. Et c'est là que je vois l'intrigue principale de ma pièce.

— Et quelle était cette raison?

— Kalinine.

— Quoi? demanda Caliban.

— Kalinine.

— Jamais entendu ce nom. »

Quoiqu'un tout petit peu plus jeune que Caliban, Alain, plus lettré, savait : « Certainement celui d'après qui on a rebaptisé une célèbre ville d'Allemagne où Emmanuel Kant avait passé toute sa vie et qui, aujourd'hui, s'appelle Kaliningrad. »

À ce moment, de la rue, un klaxon se fit entendre, fortement, impatiemment.

« Il faut que je vous quitte, dit Alain. Madeleine m'attend. À la prochaine fois! »

Madeleine l'attendait dans la rue sur une moto. C'était la moto d'Alain, mais ils la partageaient.

La fois suivante, Charles donne à ses amis une conférence sur Kalinine et sur la capitale de la Prusse

« Depuis ses origines, la célèbre ville de Prusse s'appelait Königsberg, ce qui veut dire la "montagne du roi". Ce n'est qu'après la dernière guerre qu'elle est devenue Kaliningrad. *Grad* en russe veut dire ville. Donc, la ville de Kalinine. Le siècle auquel nous avons eu la chance de survivre était fou des rebaptêmes. On a rebaptisé Tsaritsyne en Stalingrad, puis Stalingrad en Volgograd. On a rebaptisé Saint-Pétersbourg en Petrograd, puis Petrograd en Leningrad, et à la fin Leningrad en Saint-Pétersbourg. On a rebaptisé Chemnitz en Karl-Marx-Stadt, puis Karl-Marx-Stadt en Chemnitz. On a rebaptisé Königsberg en Kaliningrad... mais attention : Kaliningrad est resté et restera à jamais irrebaptisable. La gloire de Kalinine aura surpassé toutes les autres gloires.

— Mais qui était-il? demanda Caliban.

— Un homme, continua Charles, sans aucun pouvoir réel, un pauvre fantoche innocent, et qui a pourtant été pendant longtemps président du soviet suprême, donc, du point de vue protocolaire, le plus grand représentant de l'État. J'ai vu sa photo : un vieux militant ouvrier avec une barbiche pointue, dans une veste mal coupée. Or Kalinine était déjà vieux et sa prostate gonflée l'obligeait à aller pisser très souvent. La pulsion urinaire était toujours si brusque et si forte qu'il devait courir jusqu'à une pissotière même pendant un déjeuner officiel ou au milieu d'un discours qu'il prononçait devant un grand auditoire. Il en avait acquis une grande adresse. Jusqu'aujourd'hui, toute la Russie se souvient d'une grande fête qui a eu lieu lors de l'inauguration d'une nouvelle salle d'opéra dans une ville d'Ukraine, et pendant laquelle Kalinine a prononcé un long discours solennel. Il était obligé de l'interrompre toutes les deux minutes et, chaque fois, dès qu'il s'éloignait du pupitre, l'orchestre commençait à jouer de la musique folklorique et de belles ballerines ukrainiennes blondes sautaient sur la scène et se mettaient à danser. En revenant sur l'estrade, Kalinine était toujours accueilli par des applaudissements ; quand il la quittait de nouveau, les applaudissements résonnaient encore plus fort pour saluer l'arrivée des blondes ballerines ; et à mesure que la fréquence de ses départs et de ses retours s'accélérait, les applaudissements devenaient plus longs, plus forts, plus cordiaux, de sorte que la célébration officielle s'est transformée en une clameur joyeuse, folle, orgiastique, comme l'État soviétique n'en avait jamais vu ni connu.

« Hélas, quand Kalinine se retrouvait dans le petit cercle de ses camarades lors des pauses, personne n'était prêt à applaudir son urine. Staline racontait ses anecdotes et Kalinine était trop discipliné pour trouver le courage de le gêner par ses allers et retours aux toilettes. D'autant plus que Staline, tout en racontant, fixait son regard sur lui, sur son visage qui devenait de plus en plus pâle et se crispait d'une grimace. Cela incitait Staline à ralentir encore sa narration, à y ajouter des descriptions, des digressions et à différer le dénouement jusqu'au moment où, tout d'un coup, le visage tendu en face de lui se relâchait, sa grimace s'effaçait, son expression se calmait, et sa tête s'entourait d'une auréole de paix ; alors seulement, sachant que Kalinine avait encore une fois perdu sa grande lutte, Staline passait vite au dénouement, se levait de la table et, avec un sourire amical et gai, mettait fin à la séance. Tous les autres se levaient aussi et regardaient malicieusement leur camarade qui se plantait derrière la table, ou derrière une chaise, pour cacher son pantalon mouillé. »

Les amis de Charles étaient ravis d'imaginer cette scène et ce n'est qu'après une pause que Caliban interrompit le silence amusé : « Pourtant, cela n'explique nullement pourquoi Staline a donné le nom du pauvre prostatique à la ville allemande où a vécu toute sa vie le célèbre... le célèbre...

— Emmanuel Kant », lui souffla Alain.

Alain découvre la tendresse méconnue de Staline

Quand au bout d'une semaine Alain revit ses copains dans un bistrot (ou chez Charles, je ne sais plus), il interrompit tout de suite leur bavardage : « Je voudrais vous dire que pour moi il n'est pas du tout inexplicable que Staline ait donné le nom de Kalinine à la célèbre ville de

Kant. Je ne sais pas quelles explications vous auriez pu trouver vous-mêmes, mais moi, je n'en vois qu'une seule : Staline gardait pour Kalinine une exceptionnelle tendresse. »

La surprise enjouée qu'il lut sur les visages de ses amis lui plut et même l'inspira : « Je sais, je sais... Le mot tendresse ne va pas bien avec la réputation de Staline, c'est le Lucifer du siècle, je sais, sa vie a été remplie de complots, de trahisons, de guerres, d'emprisonnements, d'assassinats, de massacres. Je ne le conteste pas, au contraire, je veux même le souligner pour qu'apparaisse, avec la plus grande clarté, qu'en face de cet immense poids de cruautés qu'il devait subir, commettre et vivre, il lui était impossible de disposer d'un volume pareillement immense de compassion. Cela aurait dépassé les capacités humaines ! Pour pouvoir vivre sa vie telle qu'elle était, il ne pouvait qu'anesthésier, puis complètement oublier sa faculté de compatir. Mais face à Kalinine, dans ces petites pauses à l'écart des massacres, dans ces doux moments d'un repos bavard, tout changeait : il était confronté à une douleur tout à fait différente, une douleur petite, concrète, individuelle, compréhensible. Il regardait son camarade souffrant et, avec un doux étonnement, il sentait se réveiller en lui un sentiment faible, modeste, presque inconnu, en tout cas oublié : l'amour pour un homme qui souffre. Dans sa vie féroce, ce moment était comme un répit. La tendresse augmentait dans le cœur de Staline au même rythme que la pression de l'urine dans la vessie de Kalinine. La redécouverte d'un sentiment qu'il avait depuis longtemps cessé d'éprouver était pour lui d'une indicible beauté.

« C'est là, continua Alain, que je vois la seule explication possible de ce curieux rebaptême de Königsberg en Kaliningrad. Cela s'est passé trente ans avant ma naissance, et pourtant je peux imaginer la situation : la guerre finie, les Russes ont adjoint à leur empire une célèbre ville allemande et sont obligés de la russifier par un nom nouveau. Et pas par n'importe quel nom! Il faut que le rebaptême s'appuie sur un nom fameux à travers toute la planète et dont l'éclat fasse taire les ennemis! De tels grands noms, les Russes en ont amplement! Catherine la Grande! Pouchkine! Tchaïkovski! Tolstoï! Et je ne parle pas des généraux qui ont vaincu Hitler et qui, à cette époque, sont adulés partout! Comment comprendre alors que Staline choisisse le nom de quelqu'un de si nul? Qu'il prenne une décision si évidemment idiote? À cela, il ne peut exister que des raisons intimes et secrètes. Et nous les connaissons : il pense avec tendresse à l'homme qui a souffert pour lui, devant ses yeux, et il veut le remercier de sa fidélité, lui faire plaisir pour son dévouement. Si je ne me trompe pas — Ramon, tu peux me corriger! —, pendant ce bref moment de l'Histoire, Staline est l'homme d'État le plus puissant du monde et il le sait. Il ressent une joie malicieuse à être, parmi tous les présidents et les rois, le seul qui peut se foutre du sérieux des grands gestes politiques cyniquement calculés, le seul qui peut se permettre de prendre une décision absolument personnelle, capricieuse, irraisonnable, splendidement bizarre, superbement absurde. »

Sur la table s'exhibait une bouteille de vin rouge ouverte. Le verre d'Alain était déjà vide; il le remplit et continua : « En la racontant maintenant devant vous, je vois dans cette histoire un sens de plus en plus profond. » Il avala une gorgée, puis continua : « Souffrir pour ne pas salir son caleçon... Être le martyr de sa propreté... Combattre l'urine qui naît, qui croît, qui avance, qui menace, qui attaque, qui tue... Existe-t-il un héroïsme plus prosaïque et plus humain? Je me fous des soi-disant grands hommes dont les noms couronnent nos rues. Ils sont devenus célèbres grâce à leurs ambitions, leur vanité, leurs mensonges, leur cruauté. Kalinine est le seul dont le nom restera dans la mémoire en souvenir d'une souffrance que chaque être humain a connue, en souvenir d'un combat désespéré qui n'a causé de malheur à personne sauf à lui-même. »

Il finit son discours et tous étaient émus.

Après un silence, Ramon dit : « Tu as tout à fait raison, Alain. Après ma mort, je veux me réveiller tous les dix ans pour vérifier si Kaliningrad reste toujours Kaliningrad. Tant que ce sera le cas, je pourrai éprouver un peu de solidarité avec l'humanité et, réconcilié avec elle, redescendre dans ma tombe. »

TROISIÈME PARTIE

Alain et Charles
pensent souvent à leurs mères

La première fois qu'il a été saisi
par le mystère du nombril, c'est quand
il a vu sa mère pour la dernière fois

En rentrant lentement à la maison, Alain observait les jeunes filles qui, toutes, montraient leur nombril dénudé entre le pantalon ceinturé très bas et le tee-shirt coupé très court. Comme si leur pouvoir de séduction ne se concentrait plus dans leurs cuisses, ni dans leurs fesses, ni dans leurs seins, mais dans ce petit trou rond situé au milieu du corps.

Je me répète? Je commence ce chapitre par les mêmes mots que j'ai employés au tout début de ce roman? Je le sais. Mais même si j'ai déjà parlé de la passion d'Alain pour l'énigme du nombril, je ne veux pas cacher que cette énigme le préoc-

cupe toujours, comme vous êtes vous aussi pré-
occupés pendant des mois, sinon des années, par
les mêmes problèmes (certainement beaucoup
plus nuls que celui qui obsède Alain). En déam-
bulant dans les rues, donc, il pensait souvent au
nombril, sans gêne de se répéter, et même avec
une étrange obstination ; car le nombril réveillait
en lui un lointain souvenir : le souvenir de sa dernière rencontre avec sa mère.

Il avait alors dix ans. Ils étaient seuls, lui et son
père, en vacances dans une villa louée, avec jardin
et piscine. C'était la première fois qu'elle venait
chez eux après une absence de plusieurs années.
Ils s'étaient enfermés dans la villa, elle et son
ancien mari. L'atmosphère en devenait étouf-
fante à un kilomètre alentour. Combien de temps
était-elle restée ? Probablement pas plus d'une
heure ou deux, pendant lesquelles Alain essayait
de s'amuser seul dans la piscine. Il venait d'en
sortir quand elle s'est arrêtée pour lui faire ses
adieux. Elle était seule. Qu'est-ce qu'ils se sont
dit ? Il ne le sait pas. Il se rappelle seulement
qu'elle était assise sur une chaise de jardin et que
lui, en slip de bain, encore mouillé, était debout
en face d'elle. Ce qu'ils se sont dit est oublié,
mais un moment s'est fixé dans sa mémoire, un
moment concret, gravé avec précision : assise sur

sa chaise, elle a regardé intensément le nombril de son fils. Ce regard, il le sent toujours sur son ventre. Un regard difficile à comprendre; il lui semblait exprimer un inexplicable mélange de compassion et de mépris; les lèvres de la mère avaient pris la forme d'un sourire (sourire de compassion et de mépris), puis, sans se lever de la chaise, elle s'était penchée vers lui et, de son index, avait touché son nombril. Tout de suite après, elle s'était levée, l'avait embrassé (l'a-t-elle embrassé vraiment? Probablement; mais il n'en est pas sûr) et était partie. Il ne l'avait plus jamais revue.

Une femme sort de sa voiture

Une petite voiture roule sur la chaussée le long d'une rivière. L'atmosphère froide du matin rend encore plus orphelin ce paysage sans charme, quelque part entre la fin d'une banlieue et la campagne, là où les maisons se font rares et où l'on ne rencontre pas de piétons. La voiture s'arrête sur le bord de la route; une femme en sort, jeune, assez belle. Chose étrange : elle a repoussé la portière d'un geste si négligent que la voiture n'est sûrement pas verrouillée. Que signifie cette négligence si improbable en notre époque de voleurs? Est-elle si distraite?

Non, elle ne donne pas l'impression d'être distraite, au contraire, on peut lire sur son visage de la détermination. Cette femme sait ce qu'elle veut. Cette femme n'est que volonté. Elle marche quelque cent mètres sur la route vers un pont sur la rivière, un pont assez haut, étroit, interdit aux véhicules. Elle s'y engage et se dirige vers l'autre rive. Plusieurs fois elle regarde autour d'elle, non pas comme une femme qui serait attendue par quelqu'un, mais pour s'assurer que personne ne l'attend. Au milieu du pont, elle s'arrête. À première vue, on dirait qu'elle hésite, mais non, ce n'est pas de l'hésitation, ni un manque soudain de détermination, au contraire, c'est le moment où elle intensifie sa concentration, rend sa volonté encore plus obstinée. Sa volonté? Pour être plus exact : sa haine. Oui, la halte qui semblait une hésitation est en fait un appel à sa haine pour qu'elle reste avec elle, la soutienne, ne la quitte pas un seul instant.

Elle enjambe la rambarde et se jette dans le vide. Au bout de sa chute, elle est frappée brutalement par la dureté de la surface de l'eau, paralysée par le froid, mais, après quelques longues secondes, elle lève le visage et, comme elle est bonne nageuse, tous ses automatismes s'insurgent contre sa volonté de mourir. Elle plonge de nouveau la tête, s'efforce d'aspirer de l'eau, de bloquer sa respiration. À ce moment, elle entend un cri. Un cri qui arrive de l'autre rive. Quelqu'un l'a vue. Elle comprend que mourir ne sera pas facile et que son plus grand ennemi ne sera pas son réflexe immaîtrisable de bonne nageuse, mais quelqu'un avec qui elle ne comptait pas. Elle sera obligée de se battre. Se battre pour sauver sa mort.

Elle tue

Elle regarde dans la direction du cri. Quelqu'un s'est jeté dans la rivière. Elle réfléchit : qui sera le plus rapide, elle dans sa résolution de rester sous l'eau, d'aspirer de l'eau, de se noyer, ou lui qui s'approche ? Quand elle sera à moitié noyée, avec de l'eau dans les poumons, donc affaiblie, ne sera-t-elle pas une proie d'autant plus facile pour son sauveur ? Il la traînera vers la rive, la posera par terre, poussera l'eau hors de ses poumons, lui fera du bouche-à-bouche, appellera les pompiers, la police, et elle sera sauvée et ridiculisée à jamais.

« Arrêtez, arrêtez! » crie l'homme.

Tout a changé : Au lieu de s'enfoncer dans l'eau, elle lève la tête et respire profondément pour concentrer ses forces. Il est déjà en face d'elle. C'est un jeune, un adolescent qui veut être célèbre, avoir sa photo dans les journaux, il ne fait que répéter : « Arrêtez, arrêtez! » Il tend déjà la main vers elle qui, au lieu de l'esquiver, la saisit, la serre et la tire vers le fond de la rivière. Il crie encore une fois « Arrêtez! » comme si c'était le seul mot qu'il savait prononcer. Mais il ne le prononcera plus; elle tient son bras, le tire vers le fond, puis s'étend de tout son long sur le dos de l'adolescent pour que sa tête reste sous l'eau. Il se défend, il se démène, il a déjà aspiré de l'eau, il essaie de frapper la femme, mais celle-ci reste bien allongée sur lui qui ne peut plus relever la tête pour prendre de l'air et, après plusieurs longues, très longues secondes, cesse de s'agiter. Elle le maintient ainsi quelque temps, on pourrait même dire que, fatiguée et tremblante, elle se repose, couchée sur lui, puis, sûre que l'homme sous elle ne bougera plus, elle le lâche et se tourne vers la rive d'où elle est venue, pour ne pas garder en elle une ombre de ce qui vient de se passer.

Mais comment? A-t-elle oublié sa résolution? Pourquoi ne se noie-t-elle pas si celui qui a essayé de lui voler sa mort n'est plus vivant? Pourquoi, enfin libre, ne veut-elle plus mourir?

La vie inopinément retrouvée a été comme un choc qui a cassé sa détermination; elle ne trouve plus la force de concentrer son énergie sur sa mort; elle tremble; dépourvue soudain de toute volonté, de toute vigueur, elle nage mécaniquement vers l'endroit où elle a abandonné la voiture.

Elle revient à la maison

Peu à peu elle sent que la profondeur de l'eau diminue, elle appuie les pieds sur le fond, se met debout; dans la vase, elle perd ses souliers et n'a pas la force de les chercher; elle sort de l'eau pieds nus et monte vers la route.

Le monde redécouvert lui montre un visage inhospitalier et aussitôt l'angoisse la saisit : elle n'a pas la clé de la voiture! Où est-elle? Sa jupe n'a pas de poche. En allant vers sa mort, on ne se soucie pas de ce qu'on a laissé en chemin. Quand elle est sortie de la voiture, l'avenir n'existait plus. Elle n'avait rien à cacher. Tandis que maintenant, soudain, il faut tout cacher. Ne laisser aucune trace. L'angoisse devient de plus en plus forte : où est la clé ? comment arriverai-je à la maison ?

La voici près de la voiture, elle tire sur la portière qui, à son étonnement, s'ouvre. La clé l'attend, abandonnée sur le tableau de bord. Elle s'assied au volant et pose ses pieds nus mouillés sur les pédales. Elle tremble toujours. Elle tremble aussi de froid. Son chemisier, sa jupe sont trempés de l'eau sale de la rivière qui en dégouline. Elle tourne la clé et repart.

Celui qui a voulu lui imposer la vie est mort noyé. Et celui qu'elle voulait tuer dans son ventre reste vivant. L'idée du suicide est radiée à jamais. Pas de répétitions. Le jeune homme est mort, le fœtus est vivant, et elle fera tout pour que personne ne découvre ce qui s'est passé. Elle tremble et sa volonté se réveille ; elle ne pense qu'à son avenir immédiat : comment sortir de la voiture sans qu'on l'aperçoive ? Comment se faufiler inaperçue, dans sa robe toute mouillée, devant la loge du concierge ?

À ce moment Alain ressentit un violent coup à l'épaule.

« Fais attention, idiot ! »

Il se retourna et vit sur le trottoir à côté de lui une jeune fille qui le dépassait d'un pas rapide et énergique.

« Excusez-moi », cria-t-il dans sa direction (de sa voix faible).

« Connard ! » répondit la fille (d'une voix forte) sans se retourner.

Les excusards

Seul dans son studio, Alain constata qu'il ressentait toujours de la douleur dans son épaule et se dit que la jeune femme qui, l'avant-veille, dans la rue, l'avait bousculé avec une telle efficacité avait dû le faire exprès. Il ne pouvait pas oublier sa voix stridente qui l'avait appelé « idiot » et il entendait de nouveau son propre « excusez-moi » suppliant, suivi de la réponse : « connard ! » Encore une fois, il s'était excusé pour rien ! Pourquoi toujours ce stupide réflexe de demander pardon ? Le souvenir ne voulait pas le quitter et il sentit le besoin de parler avec quelqu'un. Il téléphona à Madeleine. Elle n'était pas à Paris, son portable était éteint. Il composa alors le numéro de Charles et, dès qu'il entendit sa voix, il s'excusa : « Ne te fâche pas. Je suis de très mauvaise humeur. J'ai besoin de bavarder.

— Ça tombe bien. Moi aussi je suis de mauvaise humeur. Mais toi, pourquoi ?

— Parce que je suis fâché contre moi. Pourquoi est-ce que je profite de chaque occasion pour me sentir coupable ?

— Ce n'est pas grave.

— Se sentir ou ne pas se sentir coupable. Je pense que tout est là. La vie est une lutte de tous contre tous. C'est connu. Mais comment cette lutte se déroule-t-elle dans une société plus ou moins civilisée ? Les gens ne peuvent pas se ruer les uns sur les autres dès qu'ils s'aperçoivent. Au lieu de cela, ils essaient de jeter sur autrui l'opprobre de la culpabilité. Gagnera qui réussira à rendre l'autre coupable. Perdra qui avouera sa faute. Tu vas dans la rue, plongé dans tes pensées. Venant vers toi, une fille, comme si elle était seule au monde, sans regarder ni à gauche ni à droite, marche droit devant elle. Vous vous bousculez. Et voilà le moment de vérité. Qui va engueuler l'autre, et qui va s'excuser ? C'est une situation modèle : en réalité, chacun des deux est à la fois le bousculé et le bousculant. Et pourtant, il y en a qui se considèrent, immédiatement, spontanément, comme bousculants, donc comme coupables. Et il y en a d'autres qui se voient toujours, immédiatement, spontanément, comme bousculés, donc dans leur droit, prêts à accuser l'autre et à le faire punir. Toi, dans cette situation, tu t'excuserais ou tu accuserais?

— Moi, certainement, je m'excuserais.

— Ah, mon pauvre, tu appartiens donc toi aussi à l'armée des excusards. Tu penses pouvoir amadouer l'autre par tes excuses.

— Certainement.

— Et tu te trompes. Qui s'excuse se déclare coupable. Et si tu te déclares coupable, tu encourages l'autre à continuer à t'injurier, à te dénoncer, publiquement, jusqu'à ta mort. Ce sont les conséquences fatales de la première excuse.

— C'est vrai. Il ne faut pas s'excuser. Et pourtant, je préférerais un monde où les gens s'excuseraient tous, sans exception, inutilement, exagérément, pour rien, où ils s'encombreraient d'excuses...

— Tu le dis d'une voix si triste, s'étonna Alain.

— Depuis deux heures je ne pense qu'à ma mère.

— Qu'est-ce qui se passe?

Les anges

— Elle est malade. J'ai peur que ce soit grave. Elle vient de me téléphoner.

— De Tarbes?

— Oui.

— Elle est seule?

— Son frère est chez elle. Mais il est encore plus vieux qu'elle. J'ai envie de prendre tout de suite la voiture pour y aller, mais c'est impossible. Ce soir, j'ai un job que je ne peux pas décommander. Un job on ne peut plus stupide. Mais demain, j'irai...

— C'est curieux. Je pense souvent à ta mère.

— Tu l'aimerais. Elle est drôle. Elle a déjà du mal à marcher, mais nous nous amusons beaucoup.

— C'est d'elle que tu as hérité ton amour des drôleries?

— Peut-être.

— C'est étrange.

— Pourquoi?

— D'après ce que tu m'as toujours raconté, je l'imaginais comme sortie des vers de Francis Jammes. Accompagnée d'animaux souffrants et de vieux paysans. Au milieu des ânes et des anges.

— Oui, dit Charles, elle est comme cela. » Puis, au bout de quelques secondes : « Pourquoi as-tu dit des anges?

— Qu'est-ce qui te surprend?

— Dans ma pièce... » Il fit une pause, puis : « Tu comprends, ma pièce pour des marionnettes, ce n'est qu'une blague, une bêtise, je ne l'écris pas, je l'imagine seulement, mais que puis-je faire si rien d'autre ne m'amuse... Donc, dans le dernier acte de cette pièce, j'imagine un ange.

— Un ange? Pourquoi?

— Je ne sais pas.

— Et comment va finir la pièce?

— Pour le moment, je sais seulement qu'à la fin il y aura un ange.

— Qu'est-ce que cela veut dire pour toi, un ange?

— Je ne suis pas fort en théologie. L'ange, je l'imagine surtout d'après la phrase qu'on dit à celui qu'on veut remercier pour sa bonté : "Vous êtes un ange." À ma mère, les gens le disent souvent. C'est pourquoi j'ai été surpris quand tu m'as dit que tu la voyais accompagnée par des ânes et des anges. Elle est comme ça.

— Moi non plus, je ne suis pas fort en théologie. Je me rappelle seulement qu'il y a des anges qu'on a rejetés du ciel.

— Oui. Les anges rejetés du ciel, répéta Charles.

— Autrement, que savons-nous des anges ? Que leur taille est mince...

— En effet, difficile d'imaginer un ange ventru.

— Et qu'ils ont des ailes. Et qu'ils sont blancs. Blancs. Écoute, Charles, si je ne me trompe pas, l'ange n'a pas de sexe. C'est peut-être là la clé de sa blancheur.

— Peut-être.

— Et de sa bonté.

— Peut-être. »

Puis, après un silence, Alain dit : « Est-ce que l'ange a un nombril ?

— Pourquoi ?

— Si l'ange n'a pas de sexe, il n'est pas né d'un ventre de femme.

— Certainement pas.

— Donc il est sans nombril.

— Oui, sans nombril, certainement... »

Alain songea à la jeune femme qui, près de la piscine d'une villa de vacances, avait touché de l'index le nombril de son fils de dix ans et il dit à Charles : « C'est étrange. Moi aussi, depuis quelque temps, j'imagine sans cesse ma mère... dans toutes les situations possibles et impossibles...

— Mon cher, arrêtons là ! Il faut que je me prépare pour ce foutu cocktail. »

QUATRIÈME PARTIE

*Ils sont tous à la recherche
de la bonne humeur*

Caliban

Dans son premier métier, qui représentait alors pour lui le sens de sa vie, Caliban était acteur; il avait cette profession inscrite noir sur blanc sur ses papiers et c'est en tant qu'acteur sans engagement qu'il percevait depuis longtemps l'allocation de chômage. La dernière fois qu'on avait pu le voir sur scène, il incarnait le sauvage Caliban dans *La Tempête* de Shakespeare. La peau couverte d'une pommade brune, une perruque noire sur la tête, il hurlait et gambadait comme un fou. Sa performance avait tellement enchanté ses amis qu'ils avaient décidé de l'appeler par le nom qui la leur rappelait. Cela faisait déjà longtemps. Depuis, les théâtres hésitaient à l'engager et son allocation diminuait d'année en année, comme d'ailleurs celle de milliers d'autres acteurs, danseurs, chanteurs qui étaient au chômage. C'est alors que Charles, qui gagnait sa vie en organisant des cocktails pour les particuliers, l'avait engagé comme serveur. Ainsi Caliban put gagner quelques sous, mais en plus, toujours acteur à la recherche de sa mission perdue, il y vit l'occasion de pouvoir de temps en temps changer d'identité. Ayant des idées esthétiques un peu naïves (son saint patron, le Caliban de Shakespeare, n'était-il pas lui aussi naïf?), il pensait que l'exploit d'un acteur était d'autant plus remarquable que le personnage qu'il jouait était éloigné de sa vie réelle. C'est pourquoi il insista pour accompagner Charles non pas en tant que Français, mais comme un étranger ne sachant parler qu'une langue que personne autour de lui ne connaîtrait. Quand il dut trouver son nouveau pays natal, peut-être à cause de sa peau légèrement basanée, il choisit le Pakistan. Pourquoi pas? Choisir un pays natal, rien n'est plus facile. Mais inventer sa langue, voilà qui est difficile.

Essayez, en improvisant, de parler une langue fictive ne serait-ce que trente secondes d'affilée! Vous allez répéter à la ronde les mêmes syllabes et votre babillage sera aussitôt démasqué comme une imposture. Inventer une langue inexistante présuppose qu'on lui donne une crédibilité acoustique : qu'on crée une phonétique particulière et qu'on ne prononce pas un « a » ou un « o » comme les Français les prononcent; qu'on décide sur quelle syllabe tombe un accent régulier. Il est aussi recommandable, pour le naturel de la parole, d'imaginer derrière ces sons absurdes une construction grammaticale et de savoir quel mot est un verbe et lequel est un substantif. Et, s'agissant d'un couple d'amis, il importe de déterminer le rôle du second, le Français, c'est-à-dire Charles : bien qu'il ne sache pas parler le pakistanais, il doit en connaître au moins quelques mots, pour qu'ils puissent, en cas d'urgence, s'entendre sur l'essentiel sans prononcer un seul mot de français.

Cela avait été difficile, mais drôle. Hélas, même la plus ravissante des drôleries n'échappe pas à la loi du vieillissement. Si les deux amis s'étaient amusés pendant les premiers cocktails, Caliban commença assez tôt à soupçonner que toute cette mystification laborieuse ne servait à rien, car les invités ne montraient aucun intérêt pour lui et, vu son langage incompréhensible, ne l'écoutaient pas, se satisfaisant de simples gestes pour montrer ce qu'ils voulaient manger ou boire. Il était devenu un acteur sans public.

Les vestes blanches et la jeune Portugaise

Ils arrivèrent dans l'appartement de D'Ardelo deux heures avant que le cocktail ne commence. « C'est mon assistant, madame. Il est pakistanais. Je m'excuse, il ne connaît pas un seul mot de français », dit Charles, et Caliban s'inclina cérémonieusement devant madame D'Ardelo en prononçant quelques phrases incompréhensibles. L'indifférence délicatement blasée de madame D'Ardelo qui n'y prêta aucune attention confirma à Caliban le sentiment d'inutilité de sa langue laborieusement inventée et la mélancolie commença à l'envahir.

Heureusement, tout de suite après cette déception, un petit plaisir le consola : la bonne à qui madame D'Ardelo ordonna de se tenir au service des deux messieurs ne pouvait détacher les yeux d'un être aussi exotique. Elle s'adressa à lui plusieurs fois et quand elle comprit qu'il ne connaissait que sa propre langue elle fut d'abord confuse, ensuite étrangement décontractée. Car elle était portugaise. Puisque Caliban lui parlait en pakistanais, elle avait une rare occasion de laisser tomber le français, langue qu'elle n'aimait pas, et de ne se servir, elle aussi, que de sa langue natale. Leur communication dans deux langues qu'ils ne comprenaient pas les rendit proches l'un de l'autre.

Puis, un petit camion s'arrêta devant la maison et deux employés montèrent tout ce que Charles avait commandé, des bouteilles de vin et de whisky, du jambon, des salamis, des petits-fours, et le déposèrent dans la cuisine. Aidés par la bonne, Charles et Caliban recouvrirent une longue table, installée dans le salon, d'une immense nappe et y posèrent des assiettes, des plateaux, des verres et des bouteilles. Ensuite, quand approcha l'heure du cocktail, ils se retirèrent dans une petite pièce que madame D'Ardelo leur avait assignée. D'une valise, ils sortirent deux vestes blanches et les revêtirent. Ils n'avaient pas besoin de miroir. Ils se regardèrent l'un l'autre et ne purent retenir un petit rire. C'était toujours pour eux un bref moment de plaisir. Ils oubliaient presque qu'ils travaillaient par nécessité, pour gagner de quoi vivre; se voyant dans leur déguisement blanc, ils avaient l'impression de s'amuser.

Puis Charles s'éloigna vers le salon, laissant Caliban préparer les derniers plateaux. Une très jeune fille, sûre d'elle, entra dans la cuisine et se tourna vers la bonne : « Il ne faut pas que tu te montres une seule seconde au salon ! Si nos invités te voyaient, ils s'enfuiraient ! » Puis, regardant les lèvres de la Portugaise, elle s'esclaffa : « Où as-tu déniché cette couleur ? Tu as l'air d'un oiseau d'Afrique ! D'un perroquet de Bourenbou-boubou ! », et elle quitta la cuisine en riant.

Les yeux humides, la Portugaise dit à Caliban (en portugais) : « Madame est gentille ! Mais sa fille ! Qu'elle est méchante ! Elle a dit cela parce que vous lui plaisez ! En présence des hommes, elle est toujours méchante avec moi ! Cela lui fait plaisir de m'humilier devant les hommes ! »

Ne pouvant rien répondre, Caliban lui caressa les cheveux. Elle leva les yeux vers lui et dit (en français) : « Regardez, est-ce que mon rouge est si moche ? »

Elle tournait la tête à gauche et à droite pour qu'il puisse bien voir toute la largeur de ses lèvres.

« Non, lui dit-il (en pakistanais), la couleur de votre rouge est très bien choisie... »

Dans sa veste blanche, Caliban apparaissait à la bonne encore plus sublime, encore plus invraisemblable, et elle lui dit (en portugais) :

« Je suis si heureuse que vous soyez ici. »

Et lui, emporté par son éloquence (toujours en pakistanais) : « Et pas seulement vos lèvres, mais votre visage, votre corps, vous tout entière, telle que je vous vois devant moi, vous êtes belle, très belle...

— Oh que je suis heureuse que vous soyez ici », répondit la bonne (en portugais).

La photo accrochée au mur

Non seulement pour Caliban qui ne voit plus aucune drôlerie dans sa mystification, mais pour tous mes personnages, cette soirée est voilée de tristesse : pour Charles qui s'était ouvert à Alain de la peur qu'il éprouvait pour sa mère malade ; pour Alain ému par cet amour filial que lui-même n'avait jamais vécu, ému aussi par l'image d'une vieille femme de la campagne appartenant à un monde qui lui était inconnu mais qui réveillait en lui d'autant plus de nostalgie. Malheureusement, quand il avait eu envie de prolonger la conversation, Charles était déjà pressé et avait dû raccrocher. Alain prit alors son portable pour appeler Madeleine. Mais le téléphone sonna et sonna ; en vain. Comme souvent dans des moments pareils, il tourna son regard vers une photo accrochée au mur. Il n'y avait aucune photo dans son studio ; sauf celle-là : le visage d'une jeune femme ; sa mère.

Quelques mois après la naissance d'Alain, elle avait quitté son mari qui, vu sa discrétion, n'avait jamais dit d'elle rien de mal. C'était un homme fin et doux. L'enfant ne comprenait pas comment une femme avait pu abandonner un homme aussi fin et doux et comprenait encore moins comment elle avait pu abandonner son fils qui, lui aussi (il en était conscient), était depuis son enfance (sinon depuis sa conception) un être fin et doux.

« Où vit-elle ? avait-il alors demandé à son père.

— Probablement en Amérique.

— Comment ça, "probablement" ?

— Je ne connais pas son adresse.

— Mais c'est son devoir de te la donner.

— Elle n'a aucun devoir envers moi.

— Mais envers moi ? Elle ne veut pas avoir de mes nouvelles ? Elle ne veut pas savoir ce que je fais ? Elle ne veut pas savoir que je pense à elle ? »

Un jour, le père ne se domina plus : « Puisque tu insistes, je te le dis : ta mère n'a jamais voulu que tu naisses. Elle n'a jamais voulu que tu te promènes ici, que tu te plonges dans ce fauteuil où tu te sens si bien. Elle ne voulait pas de toi. Tu comprends, enfin ? »

Le père n'était pas quelqu'un d'agressif. Mais, malgré toute sa réserve, il n'avait pas réussi à cacher son désaccord sacré avec une femme qui voulait empêcher qu'un être humain vienne au monde.

J'ai déjà parlé de la dernière rencontre d'Alain avec sa mère près de la piscine d'une villa louée pour les vacances. Il avait alors dix ans. Il en avait seize quand son père était mort. Quelques jours après les funérailles, il avait arraché la photo de sa mère d'un album de famille, l'avait fait encadrer, puis accrochée au mur. Pourquoi n'y avait-il dans son studio aucune photo de son père ? Je ne le sais pas. Est-ce illogique ? Sûrement. Injuste ? Sans aucun doute. Mais c'est ainsi : sur les murs de son studio n'était accrochée qu'une seule photo : celle de sa mère. Avec laquelle, de temps en temps, il parlait :

« Pourquoi ne t'es-tu pas fait avorter? Il t'en a empêchée? »

Une voix s'adressa à lui depuis la photo :

« Tu ne le sauras jamais. Tout ce que tu inventes sur moi, ce ne sont que des contes de fées. Mais je les aime, tes contes de fées. Même quand tu as fait de moi une assassine qui a noyé un jeune homme dans la rivière. Tout me plaisait. Continue, Alain. Raconte! Imagine! J'écoute. »

Et Alain imagina : il imagina le père sur le corps de sa mère. Avant le coït, elle l'a prévenu : « Je n'ai pas pris la pilule, fais attention! » Il l'a rassurée. Elle fait donc l'amour sans méfiance, puis quand elle voit sur le visage de l'homme la jouissance qui vient, qui grandit, elle se met à crier : « Fais attention! » puis : « Non! non! je ne veux pas! je ne veux pas! » mais le visage de l'homme est de plus en plus rouge, rouge et répugnant, elle repousse ce corps alourdi qui la serre contre lui, elle se débat, mais il l'enlace encore plus fort et elle comprend soudain que chez lui ce n'est pas l'aveuglement de l'excitation, mais une volonté, volonté froide et préméditée, tandis que chez elle, c'est plus que la volonté, c'est la haine, une haine d'autant plus féroce que le combat est perdu.

Ce n'est pas la première fois qu'Alain imaginait leur coït ; ce coït l'hypnotisait et lui faisait supposer que chaque être humain était le décalque de la seconde pendant laquelle il avait été conçu. Il se mit debout devant le miroir et observa son visage pour y trouver les traces de la double haine simultanée qui l'avait fait naître : la haine de l'homme et la haine de la femme au moment de l'orgasme de l'homme ; la haine du doux et physiquement fort accouplée à la haine de la courageuse et physiquement faible.

Et il se dit que le fruit de cette double haine n'avait pu être qu'un excusard : il était doux et fin comme l'était son père ; et il resterait un intrus comme l'avait vu sa mère. Celui qui est à la fois un intrus et un doux est condamné, avec une logique implacable, à s'excuser toute sa vie.

Il regarda le visage accroché au mur et encore une fois il vit la femme qui, vaincue, dans sa robe mouillée, entre dans la voiture, se faufile inaperçue devant la loge du concierge, monte l'escalier et rentre, pieds nus, dans l'appartement où elle restera jusqu'à ce que l'intrus sorte de son corps. Pour, quelques mois plus tard, les abandonner tous les deux.

Ramon arrive au cocktail
de très mauvaise humeur

Malgré le sentiment de compassion qu'il avait ressenti à la fin de leur rencontre dans le jardin du Luxembourg, Ramon ne pouvait rien changer au fait que D'Ardelo appartenait à la sorte de gens qu'il n'aimait pas. Et cela, même s'ils avaient tous les deux quelque chose en commun : la passion d'éblouir les autres ; de les surprendre par une réflexion amusante ; de conquérir une femme sous leurs yeux. Sauf que Ramon n'était pas un Narcisse. Il aimait le succès tout en ayant peur de susciter l'envie ; il se plaisait à être admiré, mais fuyait les admirateurs. Sa discrétion s'était transformée en amour de la solitude après qu'il eut subi quelques blessures dans sa vie privée mais surtout depuis l'année passée quand il avait dû rejoindre l'armée funeste des retraités ; ses propos non conformistes, qui jadis le rajeunissaient, faisaient maintenant de lui, malgré son apparence trompeuse, un personnage inactuel, hors de notre temps, donc vieux.

Aussi décida-t-il de boycotter le cocktail auquel son ancien collègue (pas encore retraité) l'avait invité et ne changea-t-il de décision qu'au dernier moment, quand Charles et Caliban lui jurèrent que seule sa présence rendrait supportable leur mission de plus en plus barbante de serveurs. Néanmoins, il arriva très tard, longtemps après que l'un des invités eut prononcé le discours à la gloire de l'hôte. L'appartement était bondé. N'y connaissant personne, Ramon se dirigea vers la longue table derrière laquelle ses deux amis offraient des boissons. Pour chasser la mauvaise humeur, il leur adressa quelques mots qui voulaient imiter le babil pakistanais. Caliban lui répondit par la version authentique du même babil.

Puis, un verre de vin à la main, toujours de mauvaise humeur, en se baladant parmi les inconnus, il fut attiré par l'émoi de quelques personnes qui s'étaient retournées vers la porte du vestibule. Une femme y apparut, longiligne, belle, dans la cinquantaine. La tête inclinée en arrière, elle glissa plusieurs fois la main dans ses cheveux, les soulevant puis les laissant gracieusement retomber, et offrit à tout un chacun l'expression voluptueusement tragique de son visage ; personne parmi les invités ne l'avait jamais rencontrée, mais tous la connaissaient d'après des photos : La Franck. Elle s'arrêta devant la longue table, se pencha et montra à Caliban, avec une grave concentration, différents canapés qui lui plaisaient.

Son assiette fut bientôt pleine et Ramon pensa à ce que D'Ardelo lui avait raconté dans le jardin du Luxembourg : elle venait de perdre son compagnon qu'elle avait aimé si passionnément que, grâce à un décret magique des cieux, sa tristesse au moment de sa mort s'était transsubstantiée en euphorie et que son désir de vie avait centuplé. Il l'observait : elle mettait des canapés dans sa bouche, et son visage était agité par des mouvements énergiques de mastication.

Quand la fille de D'Ardelo (Ramon la connaissait de vue) aperçut la célèbre longiligne, sa bouche s'arrêta (elle aussi mastiquait quelque chose) et ses jambes se mirent à courir : « Ma chère ! » Elle voulut l'embrasser mais l'assiette que la femme célèbre tenait devant son ventre l'en empêcha.

« Ma chère », répéta-t-elle tandis que La Franck travaillait dans sa bouche une grande masse de pain et de salami. Ne pouvant pas tout avaler, elle se servit de sa langue pour pousser la bouchée dans l'espace entre les molaires et la joue ; puis, avec effort, elle essaya de dire quelques mots à la jeune fille qui ne comprit rien.

Ramon fit deux pas en avant pour les observer de près. La jeune D'Ardelo avala ce qu'elle avait elle-même dans la bouche et déclara d'une voix sonore : « Je sais tout, je sais tout ! Mais jamais nous ne vous laisserons seule ! Jamais ! »

La Franck, les yeux fixés dans le vide (Ramon comprit qu'elle ne savait pas qui était celle qui lui parlait), fit passer une partie du morceau au milieu de sa bouche, le mâcha, en engloutit la moitié et dit : « L'être humain n'est que solitude.

— Oh, comme c'est juste ! s'écria la jeune D'Ardelo.

— Une solitude entourée de solitudes », ajouta La Franck, puis elle goba le reste, se détourna et partit ailleurs.

Sans que Ramon s'en rendît compte, un léger sourire amusé se dessina sur son visage.

Alain pose une bouteille d'armagnac
sur le haut de l'armoire

À peu près au même moment où ce léger sourire éclairait inopinément le visage de Ramon, une sonnerie de téléphone interrompit les réflexions

81

d'Alain sur la genèse d'un excusard. Il sut immédiatement que c'était Madeleine. Difficile de comprendre comment ces deux-là pouvaient se parler toujours aussi longtemps et avec un tel plaisir tout en ayant si peu d'intérêts communs. Quand Ramon avait expliqué sa théorie sur les observatoires érigés chacun en un point différent de l'Histoire depuis lesquels les gens se parlent sans pouvoir se comprendre, Alain s'était souvenu tout de suite de son amie car, grâce à elle, il savait que même le dialogue des vrais amoureux, si les dates de leurs naissances sont trop éloignées, n'est que l'entrelacement de deux monologues qui gardent pour l'autre une grande part d'incompris. C'est pourquoi, par exemple, il ne savait jamais si Madeleine déformait les noms des hommes célèbres d'autrefois parce qu'elle n'en avait jamais entendu parler ou si elle les parodiait à dessein, pour faire comprendre à tout le monde qu'elle ne portait pas le moindre intérêt à ce qui s'était passé avant le temps de sa propre vie. Alain ne s'en sentait pas gêné. Cela l'amusait d'être avec elle telle qu'elle était, et il pouvait être d'autant plus content ensuite quand il se retrouvait dans la solitude de son studio où il avait accroché des affiches reproduisant des tableaux de Bosch, de Gauguin (et de je ne sais qui encore), qui délimitaient pour lui son monde intime.

Il avait toujours la vague idée que, s'il était né quelque soixante ans plus tôt, il aurait été artiste. Une idée vraiment vague, puisqu'il ne savait pas ce que le mot artiste voulait dire aujourd'hui. Un peintre converti en faiseur de vitrines? Un poète? Cela existe-t-il encore, des poètes? Ce qui lui avait fait plaisir, ces dernières semaines, c'était de prendre part à la fantaisie de Charles, à sa pièce pour marionnettes, à ce non-sens qui le captivait justement parce qu'il n'avait aucun sens.

Sachant bien qu'il ne pourrait pas gagner sa vie en faisant ce qu'il aurait aimé faire (mais savait-il ce qu'il aimerait faire?), il avait choisi, après ses études, un emploi où il lui avait fallu faire valoir non pas son originalité, ses idées, ses talents, mais seulement son intelligence, c'est-à-dire cette capacité arithmétiquement mesurable qui ne se distingue chez différents individus que quantitativement, l'un en ayant plus, l'autre moins, Alain plutôt plus, de sorte qu'il était bien payé et pouvait s'acheter de temps en temps une bouteille d'armagnac. Quelques jours plus tôt, il en avait acheté une lorsqu'il avait aperçu sur son étiquette un millésime correspondant à l'année de sa propre naissance. Il s'était alors promis de l'ouvrir le jour de son anniversaire pour fêter avec ses amis sa gloire, la gloire du très grand poète qui, grâce à son humble vénération de la poésie, avait juré de ne jamais écrire un seul vers.

Content et presque gai après son long bavardage avec Madeleine, il monta sur une chaise avec la bouteille d'armagnac qu'il posa sur une haute (très haute) armoire. Puis il s'assit sur le parquet et, appuyé au mur, il fixa sur elle son regard qui lentement la transfigurait en reine.

Appel de Quaquelique à la bonne humeur

Tandis qu'Alain regardait la bouteille sur le haut de l'armoire, Ramon ne cessait de se reprocher d'être là où il ne voulait pas être; tous ces gens lui déplaisaient et il essayait surtout d'éviter une rencontre avec D'Ardelo; en ce moment, il le voyait à quelques mètres de lui, face à La Franck qu'il essayait de captiver par son éloquence; pour s'éloigner, Ramon se réfugia encore une fois près de la longue table où Caliban était en train de verser du bordeaux dans les verres de trois convives; par ses gestes et ses grimaces, il leur faisait comprendre que le vin était d'une qualité rare. Connaissant les bonnes manières, les messieurs levèrent leurs verres, les réchauffèrent pendant un long moment dans leurs paumes, gardèrent ensuite une gorgée dans la bouche, se montrèrent l'un à l'autre leurs visages qui exprimèrent d'abord une grande concentration, puis une admiration étonnée, et finirent par proclamer à haute voix leur enchantement. Tout cela dura à peine une minute, jusqu'à ce que cette fête du goût soit brutalement interrompue par leur conversation, et Ramon, qui les observait, eut l'impression d'assister à des funérailles où trois fossoyeurs inhumaient le goût sublime du vin en jetant sur son cercueil la terre et la poussière de leur parlote ; encore une fois un sourire amusé se dessina sur son visage tandis qu'au même moment une voix très faible, à peine audible, plutôt un sifflement qu'une parole, se faisait entendre derrière son dos : « Ramon ! Qu'est-ce que tu fais ici ? »

Il se retourna : « Quaquelique ! Et qu'est-ce que tu fais ici, toi ?

— Je suis à la recherche d'une nouvelle copine, répondit-il, et son petit visage, superbement inintéressant, rayonna.

— Mon cher, dit Ramon, tu es toujours tel que je t'ai connu.

— Tu sais, l'ennui, il n'y a rien de pire. C'est pourquoi je change de copines. Sans cela, pas de bonne humeur !

— Ah, la bonne humeur ! s'exclama Ramon, comme illuminé par ces deux mots. Oui, tu l'as dit ! La bonne humeur ! C'est de cela qu'il s'agit et de rien d'autre ! Ah, quel plaisir de te voir ! Il y a quelques jours, j'ai parlé de toi à mes amis, oh mon Quaqui, mon Quaqueli, il y a beaucoup de choses que j'ai à te dire... »

Au même moment, il aperçut à quelques pas de lui le joli visage d'une jeune femme qu'il connaissait ; cela le fascina ; comme si ces deux rencontres fortuites, magiquement liées par le même laps de temps, le chargeaient d'énergie ; dans sa tête, l'écho des mots « bonne humeur » résonnait comme un appel. « Pardonne-moi, dit-il à Quaquelique, on se parlera plus tard, maintenant... tu comprends... »

Quaquelique sourit : « Bien sûr que je comprends ! Vas-y, vas-y ! »

« Je suis très heureux de vous revoir, Julie, dit Ramon à la jeune femme. Cela fait un millénaire que je ne vous ai pas rencontrée.

— C'est votre faute, répondit la jeune femme, en le regardant impertinemment dans les yeux.

— Jusqu'à cet instant, je ne savais pas quelle raison déraisonnable m'avait conduit à cette fête sinistre. Enfin, je le sais.

— Et d'un coup, la fête sinistre n'est plus sinistre, rit Julie.

— Vous l'avez dé-sinistrée, dit Ramon en riant lui aussi. Mais qu'est-ce qui vous a fait venir ici ? »

Elle fit un geste vers un cercle qui entourait une vieille (très vieille) célébrité universitaire : « Il a toujours quelque chose à dire », puis, avec un sourire prometteur : « Je suis impatiente de vous revoir plus tard ce soir... »

D'excellente humeur, Ramon entraperçut Charles derrière la longue table, curieusement absent, le regard braqué quelque part vers le haut. Cette posture étrange l'intrigua, puis il se dit : Quel plaisir de ne pas s'occuper de ce qui se passe en haut, quel plaisir d'être présent ici-bas ; et il regarda Julie qui s'en allait ; les mouvements de son derrière le saluaient et l'invitaient.

CINQUIÈME PARTIE

Une plumette plane
sous le plafond

Une plumette plane sous le plafond

« ... Charles... curieusement absent, le regard braqué quelque part vers le haut... » Ce sont les mots que j'ai écrits dans le dernier paragraphe du chapitre précédent. Mais qu'observait-il là-haut, Charles?

Un minuscule objet tremblotant sous le plafond; une toute petite plume blanche qui, lentement, planait, descendait, montait. Derrière la longue table couverte d'assiettes, de bouteilles et de verres, Charles était debout, immobile, la tête légèrement renversée, tandis que les invités, l'un après l'autre, intrigués par sa posture, commençaient à suivre son regard.

En observant le vagabondage de la plumette, Charles ressentit une angoisse; l'idée lui vint que l'ange auquel il avait pensé ces dernières semaines le prévenait ainsi qu'il était déjà quelque part ici, très proche. Peut-être, effarouché, avant qu'on ne le jette du ciel, avait-il laissé échapper de son aile cette minuscule plume, à peine visible, comme une trace de son anxiété, comme un souvenir de la vie heureuse partagée avec les étoiles, comme une carte de visite qui devait expliquer son arrivée et annoncer la fin qui approche.

Mais Charles n'était pas encore prêt à affronter la fin ; la fin, il aurait voulu la remettre à plus tard. L'image de sa mère malade surgit devant lui et son cœur se serra.

Pourtant la plumette était là, elle remontait et redescendait, tandis que du côté opposé du salon, La Franck, elle aussi, regardait vers le plafond. Elle leva la main en dressant son index pour que la plumette puisse y atterrir. Mais la plumette évita le doigt de La Franck et continua son errance...

La fin d'une rêverie

Au-dessus de la main levée de La Franck, la plumette continuait à vagabonder et j'imagine une vingtaine d'hommes qui, regroupés autour d'une grande table, pointent leurs regards vers le haut, même si aucune plumette n'y plane; ils sont d'autant plus confus et nerveux que la chose qui les effraie ne se trouve ni en face (comme un ennemi qu'on pourrait tuer), ni au-dessous (comme un piège que la police secrète pourrait déjouer), mais quelque part au-dessus d'eux, comme une menace invisible, incorporelle, inexplicable, inattrapable, impunissable, malicieusement mystérieuse. Quelques-uns se lèvent de leurs chaises sans savoir où ils veulent aller.

Assis au bout de la grande table, impassible, je vois Staline qui bougonne : « Calmez-vous, poltrons! De quoi avez-vous peur? » Puis, d'une voix plus forte : « Asseyez-vous, la séance n'est pas levée! »

Près de la fenêtre, Molotov souffle : « Josef, quelque chose se prépare. On raconte qu'ils vont déboulonner tes statues », puis, sous le regard moqueur de Staline, sous le poids de son silence, docilement, il baisse la tête et va se rasseoir sur sa chaise à la table.

Quand tous sont revenus à leur place, Staline dit : « Cela s'appelle la fin d'une rêverie! Toutes les rêveries finissent un jour. C'est aussi inattendu qu'inévitable. Vous ne le savez pas, ignares ? »

Tous se taisent, seul Kalinine, ne sachant pas se maîtriser, proclame à haute voix : « Quoi qu'il arrive, Kaliningrad restera à jamais Kaliningrad !

— À juste titre. Et je suis très heureux de savoir que le nom de Kant restera à jamais lié au tien, répond Staline, de plus en plus amusé. Car, tu sais, Kant le mérite pleinement. » Et son rire, aussi esseulé que gai, vagabonde longtemps dans la grande salle.

Lamento de Ramon sur la fin des blagues

L'écho lointain du rire de Staline frémit faiblement dans le salon. Charles, derrière la longue table de boissons, fixait toujours son regard sur la plumette au-dessus de l'index dressé de La Franck, et Ramon, au milieu de toutes ces têtes tournées vers le haut, se réjouissait que le moment soit venu où il pourrait, invisible, en toute discrétion, s'en aller avec Julie. Il chercha à gauche et à droite, mais elle n'était pas là. Il entendait toujours sa voix ; ses derniers mots qui sonnaient

94

comme une invite. Il voyait toujours son superbe derrière qui s'éloignait en lui envoyant des saluts. Et si elle était allée aux WC? Pour refaire son maquillage? Il entra dans un petit couloir et attendit devant la porte. Plusieurs dames sortirent, le regardèrent soupçonneusement, mais elle n'apparut pas. C'était trop clair. Elle était déjà partie. Elle l'avait éconduit. D'emblée, il ne désira qu'abandonner cette assemblée lugubre, l'abandonner sans tarder, immédiatement, et se dirigea vers la sortie. Mais, à quelques pas de là, Caliban apparut devant lui portant un plateau : « Mon Dieu, Ramon, que tu es triste! Prends vite un whisky. »

Comment bouder un ami? Leur rencontre soudaine avait d'ailleurs un attrait irrésistible : puisque tous les nigauds autour, comme hypnotisés, avaient le regard tourné vers le haut, vers le même endroit absurde, il pourrait enfin demeurer seul avec Caliban, en bas, sur terre, en toute intimité, comme sur une île de liberté. Ils s'arrêtèrent et Caliban, pour dire quelque chose de gai, prononça une phrase en pakistanais.

Ramon répondit (en français) : « Je te félicite, mon cher, pour ta magnifique performance linguistique. Mais au lieu de me réjouir, tu me ré-enfonces dans mon chagrin. »

Il prit un verre de whisky sur le plateau, le but, le reposa, en prit un second et le tint à la main : « Charles et toi, vous avez inventé la farce de la langue pakistanaise pour vous amuser pendant des cocktails mondains où vous n'êtes que les pauvres laquais des snobs. Le plaisir de la mystification devait vous protéger. Cela a d'ailleurs été notre stratégie à tous. Nous avons compris depuis longtemps qu'il n'était plus possible de renverser ce monde, ni de le remodeler, ni d'arrêter sa malheureuse course en avant. Il n'y avait qu'une seule résistance possible : ne pas le prendre au sérieux. Mais je constate que nos blagues ont perdu leur pouvoir. Tu te forces à parler pakistanais pour t'égayer. En vain. Tu n'en ressens que fatigue et ennui. »

Il fit une pause et vit que Caliban avait mis son index sur ses lèvres.

« Qu'est-ce qu'il y a ? »

Caliban fit un signe de tête en direction d'un homme, petit, chauve, éloigné de quelque deux ou trois mètres, le seul qui ne braquait pas son regard vers le plafond mais sur eux.

« Et alors ? demanda Ramon.

— Ne parle pas en français ! Il nous écoute, chuchota Caliban.

— Mais qu'est-ce qui t'inquiète ?

— Je t'en prie, ne parle pas en français ! Depuis une heure, j'ai l'impression qu'il me guette. »

Comprenant la réelle angoisse de son ami, Ramon prononça quelques mots improbables en pakistanais.

Caliban ne réagit pas, puis, un tout petit peu calmé : « Maintenant, il regarde ailleurs », dit-il, et puis : « Il s'en va. »

Troublé, Ramon but son verre de whisky, le reposa vide sur le plateau et en reprit machinalement un autre (le troisième déjà). Ensuite, d'un ton sérieux : « Je te jure, je n'imaginais même pas cette possibilité. Mais, en effet ! Si un valet de la vérité découvre que tu es français ! Alors, bien sûr, tu deviendras suspect ! Il pensera que tu as certainement une raison louche de cacher ton identité ! Il avertira la police ! Tu seras interrogé ! Tu expliqueras que ton pakistanais était une blague. Ils vont rire : quelle stupide dérobade ! Tu étais sûrement en train de préparer un mauvais coup ! Ils te mettront les menottes ! »

Il vit reparaître l'angoisse sur le visage de Caliban : « Mais non, mais non, oublie ce que je viens de dire ! Je dis des bêtises ! J'exagère ! » Puis, en baissant la voix, il ajouta : « Pourtant, je te comprends. Les plaisanteries sont devenues dangereuses. Mon Dieu, tu dois bien le savoir ! Souviens-toi de l'histoire des perdrix que Staline racontait à ses copains. Et souviens-toi de Khrouchtchev, qui hurlait dans les toilettes ! Lui, le grand héros de la vérité, qui crachait de mépris ! Cette scène était prophétique ! Elle ouvrait vraiment un temps nouveau. Le crépuscule des plaisanteries ! L'époque de l'après-blagues ! »

Un petit nuage de chagrin passa encore une fois au-dessus de la tête de Ramon, quand dans son imagination réapparurent l'espace de trois secondes Julie et son derrière qui s'en allait ; rapidement, il but son verre, le reposa, en prit un autre (le quatrième) et proclama : « Mon cher ami, une seule chose me manque : la bonne humeur ! »

Caliban regarda encore autour de lui ; le petit homme chauve n'était plus là ; cela le calma ; il sourit.

Et Ramon continua : « Ah, la bonne humeur ! Tu n'as jamais lu Hegel ? Bien sûr que non. Tu ne sais même pas qui c'est. Mais notre maître qui nous a inventés m'a forcé jadis à l'étudier. Dans sa réflexion sur le comique, Hegel dit que le vrai humour est impensable sans l'infinie bonne humeur, écoute bien, c'est ce qu'il dit en toutes lettres : "infinie bonne humeur" ; "*unendliche*

Wohlgemutheit". Pas la raillerie, pas la satire, pas le sarcasme. C'est seulement depuis les hauteurs de l'infinie bonne humeur que tu peux observer au-dessous de toi l'éternelle bêtise des hommes et en rire. »

Puis, après une pause, le verre à la main, il dit lentement : « Mais comment la trouver, la bonne humeur ? » Il but et posa le verre vide sur le plateau. Caliban lui adressa un sourire d'adieu, se retourna et s'écarta. Ramon leva le bras vers l'ami qui s'éloignait et cria : « Comment la trouver, la bonne humeur ? »

La Franck s'en va

Pour toute réponse, Ramon entendit des cris, des rires, des applaudissements. Il tourna la tête vers l'autre côté du salon, où la plumette avait enfin atterri sur l'index dressé de La Franck qui levait sa main le plus haut possible, comme un chef d'orchestre dirigeant les dernières mesures d'une grande symphonie.

Le public, excité, lentement se calma et La Franck, la main toujours levée, déclama d'une voix claironnante (en dépit du morceau de gâteau qu'elle avait dans la bouche) : « Le ciel me fait signe que ma vie sera encore plus belle qu'avant. La vie est plus forte que la mort, car la vie se nourrit de la mort! »

Elle se tut, regarda son public et avala les derniers restes du gâteau.

Les gens autour applaudissaient et D'Ardelo s'approcha de La Franck comme s'il voulait l'embrasser solennellement au nom de tous. Mais elle ne le vit pas et, la main toujours levée vers le plafond, la plumette entre le pouce et l'index, lentement, à pas dansants, sautillant délicatement, elle se dirigea vers la sortie.

Ramon s'en va

Émerveillé, Ramon regardait la scène et sentait le rire renaître dans son corps. Le rire? La bonne humeur hégélienne l'avait-elle remarqué enfin de là-haut et décidé de l'accueillir chez elle? N'était-ce pas un appel à saisir ce rire, à le garder le plus longtemps possible en lui?

Son regard furtif tomba sur D'Ardelo. Pendant

toute la soirée il avait réussi à l'éviter. Devait-il par politesse aller lui dire adieu? Non! Il ne gâcherait pas le grand moment unique de sa bonne humeur! Il fallait sortir au plus vite.

Gai et complètement ivre, il descendit l'escalier, déboucha dans la rue et chercha un taxi. De temps en temps un éclat de rire lui échappait.

L'arbre d'Ève

Ramon cherchait un taxi et Alain était assis sur le parquet de son studio, appuyé contre le mur, la tête baissée; peut-être s'était-il assoupi. Une voix féminine le réveilla:

« J'aime tout ce que tu m'as déjà raconté, j'aime tout ce que tu inventes, et je n'ai rien à ajouter. Sauf, peut-être, à propos du nombril. Pour toi, le modèle de la femme anombrilique c'est un ange. Pour moi, c'est Ève, la première femme. Elle n'est pas née d'un ventre mais d'un caprice, un caprice du créateur. C'est de sa vulve à elle, la vulve d'une femme anombrilique, que le premier cordon ombilical est sorti. Si j'en crois la Bible, sont sortis d'elle encore d'autres cordons, un petit homme ou une petite femme accroché au bout de chacun. Les corps des hommes restaient sans continuation, complètement inutiles, tandis que du sexe de chaque femme un autre cordon sortait, avec à son bout une autre femme ou un autre homme, et tout cela, répété des millions et des millions de fois, s'est transformé en un immense arbre, un arbre formé par l'infini des corps, un arbre dont le branchage touche le ciel. Et imagine-toi que cet arbre gigantesque est enraciné dans la vulve d'une seule petite femme, de la première femme, de la pauvre Ève anombrilique.

« Moi, quand je suis devenue enceinte, je me voyais comme une partie de cet arbre, suspendue à un de ses cordons, et toi, pas encore né, je t'imaginais planant dans le vide, accroché au cordon sorti de mon corps, et dès ce moment j'ai rêvé d'un assassin qui, tout en bas, égorge la femme anombrilique, j'ai imaginé son corps qui agonise, meurt, se décompose, si bien que tout cet immense arbre qui a poussé d'elle, devenu d'emblée sans racines, sans fondement, commence à tomber, j'ai vu l'infinité de ses branches descendre comme une pluie géante et, comprends-moi bien, ce n'est pas de l'achèvement de l'histoire humaine que j'ai rêvé, de l'abolition de l'avenir, non, non, ce que j'ai désiré, c'est la totale disparition des hommes avec leur futur et leur passé, avec leur commencement et leur fin, avec toute la durée de leur existence, avec toute leur mémoire, avec Néron et Napoléon, avec Bouddha et Jésus, j'ai désiré l'anéantissement total de l'arbre enraciné dans le petit ventre anombrilique d'une première femme bête qui ne savait pas ce qu'elle faisait et quelles horreurs allait nous coûter son misérable coït, qui certainement ne lui avait pas donné la moindre jouissance... »

La voix de la mère se tut, Ramon arrêta un taxi, et Alain, appuyé contre le mur, s'assoupit de nouveau.

SIXIÈME PARTIE

La chute des anges

Adieu à Mariana

Les derniers invités partis, Charles et Caliban remirent les vestes blanches dans leur valise pour redevenir des êtres ordinaires. Attristée, la Portugaise les aida à ramasser les assiettes, les couverts, les bouteilles, et à tout mettre dans un coin de la cuisine pour que les employés l'emportent le lendemain. Ayant la meilleure intention de leur être utile, elle se tenait toujours auprès d'eux, de sorte que les deux amis, trop fatigués pour continuer d'émettre de ridicules mots insanes, ne pouvaient trouver une seule seconde de repos, un seul moment pour échanger entre eux une idée sensée en français.

Privé de sa veste blanche, Caliban apparut à la Portugaise comme un Dieu descendu sur terre pour devenir un simple homme, avec qui pourrait facilement parler même une pauvre servante.

« Vous ne comprenez vraiment rien de ce que je dis? » lui demanda-t-elle (en français).

Caliban répondit quelque chose (en pakistanais), très lentement, en articulant soigneusement chaque syllabe, le regard plongé dans ses yeux.

Elle l'écouta attentivement comme si, prononcée au ralenti, cette langue avait pu lui devenir plus compréhensible. Mais elle dut avouer sa défaite : « Même si vous parlez lentement, je ne comprends rien », dit-elle, malheureuse. Puis, à Charles : « Vous pouvez lui dire quelque chose dans sa langue?

— Seulement les phrases les plus simples et qui concernent la cuisine.

— Je sais, soupira-t-elle.

— Il vous plaît? demanda Charles.

— Oui, dit-elle, toute rouge.

— Que puis-je faire pour vous? Dois-je lui dire qu'il vous plaît?

— Non, répondit-elle en hochant violemment la tête. Dites-lui, dites-lui... » Elle réfléchit : « Dites-lui qu'il doit se sentir très seul ici, en France. Très seul. Je voulais lui dire, s'il a besoin de quelque chose, d'une aide, ou même s'il a besoin de manger... que je pourrais...

— Comment vous appelez-vous?

— Mariana.

— Mariana, vous êtes un ange. Un ange survenu au milieu de mon voyage.

— Je ne suis pas un ange. »

Soudain inquiet, Charles acquiesça : « J'espère aussi que non. Car ce n'est que vers la fin que je vois un ange. Et la fin, je voudrais la repousser le plus loin possible. »

Pensant à sa mère, il oublia ce que Mariana lui avait demandé; il s'en souvint quand elle le lui rappela d'une voix suppliante : « Je vous ai prié, monsieur, de lui dire...

— Ah oui », dit Charles, et il adressa plusieurs sons absurdes à Caliban.

Celui-ci s'approcha de la Portugaise. Il l'embrassa sur la bouche, mais la fille avait les lèvres bien serrées et leur baiser fut d'une chasteté intransigeante. Puis elle se sauva en courant.

Cette pudeur les rendit nostalgiques. Silencieux, ils descendirent l'escalier et s'assirent dans la voiture.

« Caliban! Réveille-toi! Elle n'est pas pour toi!

— Je sais, mais laisse-moi le regretter. Elle est

pleine de bonté et moi aussi j'aimerais faire quelque chose de bien pour elle.

— Mais tu ne peux rien faire de bien pour elle. Par ta présence, tu pourrais seulement lui faire du mal, dit Charles, et il démarra.

— Je le sais. Mais je n'y peux rien. Elle m'a rendu nostalgique. Nostalgique de la chasteté.

— Quoi? De la chasteté?

— Oui. Malgré ma stupide renommée de mari infidèle j'ai une nostalgie inassouvissable de la chasteté! » Et il ajouta : « Passons chez Alain!

— Il dort déjà.

— On le réveille. J'ai envie de boire. Avec toi et avec lui. De trinquer à la gloire de la chasteté. »

La bouteille d'armagnac
dans son orgueilleuse hauteur

Un bruit de klaxon, agressif et long, s'éleva de la rue. Alain ouvrit la fenêtre. En bas, Caliban claqua la portière de la voiture et cria : « C'est nous! On peut venir?

— Oui! Montez! »

Depuis l'escalier, Caliban claironna : « Y a-t-il quelque chose à boire chez toi ?

— Je ne te reconnais pas ! Tu n'as jamais été un buveur ! dit Alain en ouvrant la porte du studio.

— Aujourd'hui c'est une exception ! Je veux trinquer à la chasteté ! » dit Caliban en entrant dans le studio, suivi de Charles.

Après trois secondes d'hésitation, Alain redevint débonnaire : « Si tu veux vraiment trinquer à la chasteté, tu auras une occasion rêvée... » et il fit un geste vers l'armoire couronnée de la bouteille.

« Alain, j'ai besoin de téléphoner », dit Charles ; et pour pouvoir parler sans témoins, il disparut dans l'entrée et ferma la porte derrière lui.

Caliban contemplait la bouteille sur l'armoire : « De l'armagnac !

— Je l'ai mise là-haut pour qu'elle y trône comme une reine, dit Alain.

— Il est de quelle année ? » Caliban essaya de lire l'étiquette, puis, avec admiration : « Ah non ! C'est pas possible !

— Ouvre-la », ordonna Alain. Caliban prit une chaise et y grimpa. Mais même debout sur la chaise, c'est à peine s'il réussissait à toucher le bas de la bouteille, inaccessible dans son orgueilleuse hauteur.

Entouré des mêmes camarades au bout de la même grande table, Staline se tourne vers Kalinine : « Crois-moi, mon cher, moi aussi je suis sûr que la ville du célèbre Emmanuel Kant restera à jamais Kaliningrad. En tant que parrain de sa ville natale, pourrais-tu nous expliquer quelle était l'idée la plus importante de Kant ? »

Kalinine n'en sait rien. Ainsi, selon sa vieille habitude, rasé par leur ignorance, Staline répond lui-même :

« L'idée la plus importante de Kant, camarades, c'est la "chose en soi", ce qui se dit en allemand : *"Ding an sich"*. Kant pensait que derrière nos représentations se trouve une chose objective, un *"Ding"*, que nous ne pouvons pas connaître mais qui, pourtant, est réelle. Mais cette idée est fausse. Il n'y a rien de réel derrière nos représentations, aucune "chose en soi", aucun *"Ding an sich"*. »

Tous écoutent, désemparés, et Staline continue : « Schopenhauer a été plus proche de la vérité. Quelle était, camarades, la grande idée de Schopenhauer ? »

Tous évitent le regard moqueur de l'examinateur qui, selon sa célèbre habitude, finit par répondre lui-même :

« La grande idée de Schopenhauer, camarades, c'est que le monde n'est que représentation et volonté. Cela veut dire que derrière le monde tel que nous le voyons il n'y a rien d'objectif, aucun *"Ding an sich"*, et que, pour faire exister cette représentation, pour la rendre réelle, il doit y avoir une volonté ; une volonté énorme qui l'imposera. »

Timidement, Jdanov proteste : « Josef, le monde comme représentation ! Toute ta vie tu nous as obligés à affirmer que c'était un mensonge de la philosophie idéaliste de la classe bourgeoise ! »

Staline : « Quelle est, camarade Jdanov, la première propriété d'une volonté ? »

Jdanov se tait et Staline répond : « Sa liberté. Elle peut affirmer ce qu'elle veut. Passons. La vraie question est celle-ci : Il y a autant de représentations du monde qu'il y a de personnes sur la planète ; cela crée inévitablement du chaos ; comment mettre de l'ordre dans ce chaos ? La réponse est claire : En imposant à tout le monde une seule représentation. Et l'on ne peut l'imposer que par une seule volonté, une seule immense volonté, une volonté au-dessus de toutes les volontés. Ce que j'ai fait, autant que mes forces me l'ont permis. Et je vous assure que sous l'emprise d'une grande volonté les gens finissent par croire n'importe quoi! Oh, camarades, n'importe quoi! » Et Staline rit, avec du bonheur dans la voix.

Se souvenant de l'histoire des perdrix, il regarde malicieusement ses collaborateurs, et surtout Khrouchtchev, petit et rond, qui à ce moment-là a les joues toutes rouges et ose, encore une fois, être courageux : « Pourtant, camarade Staline, même s'ils ont cru n'importe quoi de toi, aujourd'hui ils ne te croient plus du tout.

*Un coup de poing sur la table
qui résonnera partout*

— Tu as tout compris, répond Staline : ils ont cessé de me croire. Car ma volonté s'est lassée. Ma pauvre volonté que j'ai totalement investie dans cette rêverie que le monde entier s'est mis à prendre au sérieux. J'ai sacrifié pour cela toutes mes forces, je me suis sacrifié moi-même. Et je vous demande de me répondre, camarades : Pour qui me suis-je sacrifié ? »

Abasourdis, les camarades n'essaient même pas d'ouvrir la bouche.

Staline répond lui-même : « Je me suis sacrifié, camarades, pour l'humanité. »

Comme soulagés, tous approuvent ces grands mots en hochant la tête. Kaganovitch va jusqu'à applaudir.

« Mais qu'est-ce que l'humanité ? Ce n'est rien d'objectif, ce n'est que ma représentation subjective, à savoir : c'est ce que j'ai pu voir autour de moi de mes propres yeux. Et qu'est-ce que j'ai vu tout le temps de mes propres yeux, camarades ? Je vous ai vus, vous ! Rappelez-vous les toilettes où vous vous enfermiez pour tempêter contre mon histoire des vingt-quatre perdrix ! Je m'amusais beaucoup dans le couloir en vous écoutant hurler, mais en même temps je me disais : Est-ce pour ces connards que j'ai gaspillé toutes mes forces ? Est-ce pour eux que j'ai vécu ? Pour ces minables ? Pour ces abrutis si exagérément ordinaires ? Pour ces Socrates de pissotières ? Et en pensant à vous je sentais que ma volonté faiblissait, se fatiguait, se lassait, et la rêverie, notre belle rêverie, n'étant plus soutenue par ma volonté, s'est écroulée comme une immense construction dont on a brisé les piliers. »

Et pour illustrer cet écroulement, Staline fait tomber son poing sur la table, qui tremble.

La chute des anges

Le coup de poing de Staline résonne longtemps dans leurs têtes. Brejnev regarde vers la fenêtre et ne peut se dominer. Ce qu'il voit n'est pas croyable : un ange est suspendu au-dessus des toits, les ailes déployées. Il se lève de sa chaise : « Un ange, un ange ! »

Les autres se lèvent aussi : « Un ange ? Je ne vois pas !

— Mais oui ! Là-haut !

— Mon Dieu, encore un autre ! Il tombe ! soupire Beria.

— Idiots, il y en aura encore beaucoup que vous verrez tomber, souffle Staline.

— Un ange, c'est un signe ! proclame Khrouchtchev.

— Un signe? Mais de quoi est-ce le signe? »
soupire Brejnev, paralysé de peur.

Le vieil armagnac s'écoule sur le parquet

En effet, de quoi cette chute est-elle le signe?
D'une utopie assassinée, après laquelle il n'y en
aura plus aucune autre? D'une époque dont il ne
restera plus de traces? Des livres, des tableaux
rejetés dans le vide? De l'Europe, qui ne sera plus
l'Europe? Des blagues dont plus personne ne
rira?

Alain ne se posait pas ces questions, effrayé
qu'il était en voyant Caliban qui, tout en serrant
la bouteille dans sa main, venait de tomber de la
chaise sur le sol. Il se pencha au-dessus de son
corps qui gisait sur le dos et ne bougeait pas.
Seul, de la bouteille cassée, le vieil (oh, le très
très vieil) armagnac s'écoulait sur le parquet.

Au même moment, à l'autre bout de Paris, une belle femme se réveillait dans son lit. Elle aussi avait entendu un son fort et bref comme un coup de poing sur une table ; derrière ses yeux fermés, des souvenirs de rêves étaient encore vivants ; à demi réveillée, elle se rappelait que c'étaient des rêves érotiques ; leur aspect concret s'était déjà estompé, mais elle se sentait de bonne humeur car, sans être fascinants ou inoubliables, ces rêves étaient indubitablement plaisants.

Puis, elle entendit : « C'était très beau » ; et c'est seulement alors qu'elle ouvrit les yeux et vit un homme près de la porte, sur le point de partir. Cette voix était haut perchée, faible, mince, fragile, semblable par là à l'homme lui-même. Le connaissait-elle ? Mais oui ; elle se souvenait vaguement : un cocktail chez D'Ardelo où était aussi le vieux Ramon qui est amoureux d'elle ; pour lui échapper, elle s'était laissé accompagner par un inconnu ; elle se rappelait qu'il était très gentil, à tel point discret, presque invisible, qu'elle n'était même pas capable d'évoquer le moment où ils s'étaient séparés. Mais mon Dieu, s'étaient-ils séparés ?

« Vraiment très beau, Julie », répéta-t-il près de la porte et elle se dit, légèrement étonnée, que cet homme avait certainement passé la nuit dans le même lit qu'elle.

Le mauvais signe

Quaquelique leva encore la main pour la dernière salutation, puis descendit dans la rue, s'assit dans sa modeste voiture, tandis que, dans un studio à l'autre bout de Paris, Caliban, aidé par Alain, se relevait du sol.

« Tu n'as rien ?

— Non, rien. Tout est en ordre. Sauf l'armagnac... Il n'y en a plus. Excuse-moi, Alain !

— C'est mon rôle à moi d'être excusard, dit Alain, c'est ma faute si je t'ai laissé monter sur cette vieille chaise abîmée. » Puis, soucieux : « Mais, mon ami, tu boites !

— Un tout petit peu, mais ce n'est pas grave. »

À ce moment, Charles revint de l'entrée et referma son téléphone portable. Il vit Caliban bizarrement courbé qui tenait toujours dans sa main la bouteille cassée : « Qu'est-ce qui s'est passé ?

— J'ai cassé la bouteille, lui annonça Caliban. Il n'y a plus d'armagnac. Un mauvais signe.

— Oui, un très mauvais signe. Il faut que je parte sans tarder pour Tarbes, dit Charles. Ma mère est à l'agonie. »

Staline et Kalinine s'évadent

Quand un ange tombe, c'est certainement un signe. Dans la salle du Kremlin, les yeux fixés sur les fenêtres, tous ont peur. Staline sourit et, profitant de ce que personne ne le regarde, il s'éloigne vers une petite porte discrète dans un coin de la salle. Il l'ouvre et se retrouve dans un cagibi. Là, il enlève sa belle veste d'uniforme officielle et revêt une parka, vieille et usée, puis prend un long fusil de chasse. Ainsi déguisé en chasseur de perdrix, il retourne dans la salle et se dirige vers la grande porte qui donne dans le couloir. Tout le monde a le regard fixé sur les fenêtres et personne ne le voit. Au dernier moment, quand il va poser sa main sur la poignée de la porte, comme s'il voulait jeter un dernier regard malin à ses camarades, il s'arrête pour une seconde. C'est alors que ses yeux croisent ceux de Khrouchtchev, qui se met à crier : « C'est lui! Le voyez-vous dans son costume? Il fera croire à tout le monde qu'il est un chasseur! Il nous laissera seuls dans le pétrin! Mais c'est lui le coupable! Nous sommes tous victimes! Ses victimes à lui! »

Staline est déjà loin dans le couloir et Khrouchtchev tape sur le mur, frappe la table, piétine le sol de ses pieds chaussés d'énormes bottes ukrainiennes mal cirées. Il incite les autres à s'indigner eux aussi et bientôt tous crient, vociférent, piétinent, sautent, cognent sur le mur et la table avec leurs poings, martèlent le sol avec leurs chaises, si bien que la pièce résonne d'un bruit infernal. C'est un brouhaha comme jadis lorsque, pendant les pauses, ils se regroupaient tous aux toilettes devant les urinoirs colorés ornés de fleurs en céramique.

Tous sont là comme jadis; seul Kalinine, discrètement, s'est éloigné. Pourchassé par une terrible envie d'uriner, il erre dans les couloirs du Kremlin mais, incapable de trouver aucune pissotière, il finit par sortir et courir par les rues.

SEPTIÈME PARTIE

La fête de l'insignifiance

Dialogue sur la moto

Le lendemain, vers onze heures du matin, Alain avait rendez-vous avec ses amis Ramon et Caliban devant le musée près du jardin du Luxembourg. Avant de sortir de son studio, il se retourna pour dire « au revoir » à sa mère sur la photo. Puis, il sortit dans la rue et alla vers sa moto garée non loin de chez lui. En l'enfourchant, il eut la vague impression de sentir contre son dos la présence d'un corps. Comme si Madeleine était avec lui et, légèrement, le touchait.

Cette illusion l'émut ; elle lui semblait exprimer l'amour qu'il ressentait pour sa copine ; il démarra.

Puis il entendit derrière lui une voix : « Je voulais encore te parler. »

Non, ce n'était pas Madeleine. Il reconnut la voix de sa mère.

La rue était embouteillée et il entendit : « Je veux être sûre qu'il n'y a aucun malentendu entre toi et moi, que nous nous comprenons bien l'un l'autre... »

Il fut obligé de freiner. Un piéton s'était faufilé pour traverser la chaussée et se tournait vers lui avec des gestes de menace.

« Je serai franche. Depuis toujours cela m'a paru horrible d'envoyer au monde quelqu'un qui ne le demandait pas.

— Je le sais, dit Alain.

— Regarde autour de toi : de tous ceux que tu vois, personne n'est ici par sa volonté. Bien sûr, ce que je viens de dire est la vérité la plus banale de toutes les vérités. À tel point banale, et à tel point essentielle, qu'on a cessé de la voir et de l'entendre. »

Il poursuivit sa route entre un camion et une auto qui le serraient des deux côtés depuis quelques minutes.

« Tout le monde jacasse sur les droits de l'homme. Quelle blague ! Ton existence n'est fondée sur aucun droit. Même finir ta vie par ta propre volonté, ils ne te le permettent pas, ces chevaliers des droits de l'homme. »

La lumière rouge s'alluma au-dessus du carrefour. Il s'arrêta. Les piétons des deux côtés de la rue se mirent à marcher vers le trottoir d'en face.

Et la mère continua : « Regarde-les tous ! Regarde ! Au moins une moitié de ceux que tu vois sont laids. Être laid, ça fait aussi partie des droits de l'homme ? Et sais-tu ce que c'est que de porter sa laideur toute sa vie ? Sans le moindre repos ? Ton sexe non plus, tu ne l'as pas choisi. Ni la couleur de tes yeux. Ni ton siècle. Ni ton pays. Ni ta mère. Rien de ce qui compte. Les droits que peut avoir un homme ne concernent que des futilités pour lesquelles il n'y a aucune raison de se battre ou d'écrire de fameuses Déclarations ! »

Il roulait de nouveau et la voix de sa mère s'adoucit : « Tu es là tel que tu es parce que j'ai été faible. Ç'a été ma faute. Je te prie de m'excuser. »

Alain se taisait, puis il dit d'une voix paisible : « De quoi te sens-tu coupable ? De ne pas avoir eu la force d'empêcher ma naissance ? Ou de ne pas t'être réconciliée avec ma vie qui, par hasard, n'est quand même pas si mauvaise ? »

Après un silence, elle répondit : « Peut-être as-tu raison. Je suis donc doublement coupable.

— C'est à moi de m'excuser, dit Alain. Je suis

tombé dans ta vie comme une bouse. Je t'ai chassée jusqu'en Amérique.

— Arrête tes excuses ! Qu'est-ce que tu sais de ma vie, mon petit idiot ! Tu me permets de t'appeler idiot ? Oui, ne te fâche pas, selon moi tu es un idiot. Et tu sais quelle est la source de ton idiotie ? Ta bonté ! Ta bonté ridicule ! »

Ils arrivèrent au jardin du Luxembourg. Il gara la moto.

« Ne proteste pas, et laisse-moi m'excuser, dit-il. Je suis un excusard. C'est ainsi que vous m'avez fabriqué, toi et lui. Et en tant qu'excusard, je me sens heureux quand nous nous excusons l'un l'autre, toi et moi. N'est-ce pas beau de s'excuser l'un l'autre ? »

Puis, ils allèrent vers le musée :

« Crois-moi, dit-il, je suis d'accord avec tout ce que tu viens de me dire. Avec tout. N'est-ce pas beau d'être d'accord, toi et moi ? N'est-elle pas belle, notre alliance ? »

« Alain ! Alain ! » Une voix d'homme interrompit leur conversation : « Tu me regardes comme si tu ne m'avais jamais vu ! »

128

Ramon discute avec Alain
de l'époque des nombrils

Oui, c'était Ramon. « Ce matin la femme de Caliban m'a téléphoné, dit-il à Alain. Elle m'a parlé de votre soirée. Je sais tout. Charles est parti pour Tarbes. Sa mère agonise.

— Je le sais, dit Alain. Et Caliban ? Quand il était chez moi, il est tombé d'une chaise.

— Elle me l'a dit. Et ce n'était pas si anodin. Selon elle, il a de la peine à marcher. Il souffre. Maintenant il dort. Il voulait voir Chagall avec nous. Il ne le verra pas. Moi non plus, d'ailleurs. Je ne supporte pas d'attendre dans une queue. Regarde ! »

Il fit un geste en direction de la foule qui s'avançait lentement vers l'entrée du musée.

« Elle n'est pas si longue, la queue, dit Alain.

— Peut-être pas si longue, mais quand même dégoûtante.

— Cela fait combien de fois déjà que tu es venu et reparti ?

— Trois fois déjà. De sorte que, en réalité, je ne viens pas ici pour voir Chagall mais pour constater que d'une semaine à l'autre les queues sont de plus en plus longues, donc la planète de plus en plus peuplée. Regarde-les! Tu penses que, d'un coup, ils se sont mis à aimer Chagall? Ils sont prêts à aller n'importe où, à faire n'importe quoi, seulement pour tuer le temps dont ils ne savent que faire. Ils ne connaissent rien, donc ils se laissent conduire. Ils sont superbement conduisibles. Excuse-moi. Je suis de mauvaise humeur. Hier, j'ai beaucoup bu. J'ai vraiment trop bu.

— Alors, que veux-tu faire?

— Promenons-nous dans le parc! Il fait beau. Je sais, le dimanche il y a un peu plus de monde. Mais ça va. Regarde! Le soleil! »

Alain ne protesta pas. En effet, l'atmosphère du parc était paisible. Il y avait là des gens qui couraient, il y avait des passants, il y avait, sur le gazon, des cercles de personnes qui faisaient des mouvements bizarres et lents, il y en avait qui mangeaient des glaces, il y en avait, derrière les clôtures, qui jouaient au tennis...

« Ici, dit Ramon, je me sens mieux. Bien sûr, l'uniformité règne partout. Mais dans ce parc, elle dispose d'un plus grand choix d'uniformes. Tu peux ainsi garder l'illusion de ton individualité.

— L'illusion de l'individualité... C'est curieux :

j'ai eu, il y a quelques minutes, une conversation étrange.

— Une conversation ? Avec qui ?

— Et puis, le nombril...

— Quel nombril ?

— Je ne t'en ai pas encore parlé ? Depuis quelque temps, je pense beaucoup au nombril... »

Comme si un metteur en scène invisible l'avait arrangé, deux très jeunes filles, le nombril élégamment dénudé, passèrent auprès d'eux.

Ramon ne put que dire : « En effet. »

Et Alain : « Se promener ainsi avec le nombril dévoilé, c'est la mode aujourd'hui. Elle dure depuis au moins dix ans.

— Elle passera comme toutes les modes.

— Mais n'oublie pas que la mode du nombril a inauguré le nouveau millénaire ! Comme si quelqu'un, à cette date symbolique, avait soulevé un store qui, pendant des siècles, nous avait empêchés de voir l'essentiel : que l'individualité est une illusion !

— Oui, c'est indubitable, mais quelle relation avec le nombril ?

— Sur le corps érotique de la femme, il y a quelques lieux d'or : j'ai toujours pensé qu'il y en avait trois : les cuisses, les fesses, les seins. »

Ramon réfléchit et : « Pourquoi pas... dit-il.

— Puis, un jour, j'ai compris qu'il faut en ajouter un quatrième : le nombril. »

Après un instant de réflexion, Ramon acquiesça : « Oui. Peut-être. »

Et Alain : « Les cuisses, les seins, les fesses ont chez chaque femme une forme différente. Ces trois lieux d'or ne sont donc pas seulement excitants, ils expriment en même temps l'individualité d'une femme. Tu ne peux pas te tromper sur les fesses de celle que tu aimes. Les fesses aimées, tu les reconnaîtrais parmi des centaines d'autres. Mais tu ne peux pas identifier la femme que tu aimes d'après son nombril. Tous les nombrils sont pareils. »

Au moins vingt enfants, riant et criant, croisèrent les deux amis en courant.

Alain continua : « Chacun de ces quatre lieux d'or représente un message érotique. Et je me demande quel est le message érotique dont nous parle le nombril. » Après une pause : « Une chose est évidente : contrairement aux cuisses, aux fesses, aux seins, le nombril ne dit rien de la femme qui le porte, il parle de quelque chose qui n'est pas cette femme.

— De quoi?

— De fœtus.

— De fœtus, bien sûr », approuva Ramon.

Et Alain : « L'amour, jadis, était la fête de l'individuel, de l'inimitable, la gloire de ce qui est unique, de ce qui ne supporte aucune répétition. Mais le nombril non seulement ne se révolte pas contre la répétition, il est un appel aux répétitions ! Et nous allons vivre, dans notre millénaire, sous le signe du nombril. Sous ce signe, nous sommes tous l'un comme l'autre des soldats du sexe, avec le même regard fixé non pas sur la femme aimée mais sur le même petit trou au milieu du ventre qui représente le seul sens, le seul but, le seul avenir de tout désir érotique. »

Tout d'un coup une rencontre inattendue interrompit la conversation. En face d'eux, sur la même allée, arrivait D'Ardelo.

Arrive D'Ardelo

Il avait aussi beaucoup bu, mal dormi et allait maintenant se rafraîchir par une promenade dans le jardin du Luxembourg. L'apparition de Ramon le mit d'abord dans l'embarras. Il l'avait invité à son cocktail seulement par politesse, parce qu'il lui avait trouvé deux gentils serveurs pour sa fête.

Mais vu que ce retraité n'avait plus aucune importance pour lui, D'Ardelo n'avait même pas essayé de trouver un petit moment pour l'accueillir au cocktail et lui souhaiter la bienvenue. Se sentant maintenant coupable, il écarta les bras et s'exclama : « Ramon! Mon ami! »

Ramon se souvenait de s'être éclipsé du cocktail sans même dire à son ancien collègue un simple « Adieu ». Mais la salutation bruyante de D'Ardelo soulagea sa mauvaise conscience; il écarta lui aussi les bras, s'écria : « Salut, mon ami! », lui présenta Alain et l'invita cordialement à se joindre à eux.

D'Ardelo se rappelait bien que c'était dans ce même parc qu'une inspiration soudaine lui avait fait inventer le bizarre mensonge de sa maladie mortelle. Maintenant, que faire? Il ne pouvait pas se contredire; il ne pouvait que continuer d'être gravement malade; d'ailleurs, il ne trouvait pas cela trop embarrassant, ayant vite compris qu'il n'y avait aucune nécessité de refréner pour cela sa bonne humeur, car les propos badins et gais rendent un homme tragiquement malade encore plus attirant et admirable.

C'est donc sur un ton léger et amusant qu'il bavardait devant Ramon et son ami au sujet de ce parc qui faisait partie de son paysage le plus intime, de sa « campagne », comme il le répéta plusieurs fois ; il leur parlait de toutes ces statues de poètes, de peintres, de ministres, de rois ; « voyez, dit-il, la France du passé est toujours vivante ! » ; puis, avec une gentille ironie enjouée, il montra les statues blanches des grandes dames de France, reines, princesses, régentes, érigées chacune sur un grand socle, dans toute leur grandeur, des pieds à la tête ; éloignées l'une de l'autre de dix ou quinze mètres, elles créaient ensemble un très grand cercle qui surplombait un joli bassin en contrebas.

Plus loin, dans un grand bruit, arrivant par groupes depuis diverses directions, des enfants se rassemblaient. « Ah, les enfants ! Vous entendez leur rire ? sourit D'Ardelo. Il y a aujourd'hui une fête, j'ai oublié laquelle. Une fête d'enfants, quoi. »

Soudain, il devint attentif : « Mais que se passe-t-il, là ? »

Arrivent un chasseur et un pisseur

Dans la grande allée, depuis l'avenue de l'Observatoire, un homme d'une cinquantaine d'années, moustachu, vêtu d'une vieille parka usée,

135

un long fusil de chasse suspendu à l'épaule, court en direction du cercle des grandes dames en marbre. Il gesticule et crie. Autour, les passants s'arrêtent et le regardent avec étonnement et sympathie. Oui, avec sympathie, car le visage moustachu a quelque chose de paisible, ce qui rafraîchit l'atmosphère du jardin d'un souffle idyllique venu des temps passés. Il évoque l'image d'un coureur, d'un séducteur de village, d'un aventurier d'autant plus aimable qu'il est déjà un peu vieux et assagi. Subjuguée par son charme campagnard, par sa bonté virile, par son apparence folklorique, la foule lui adresse des sourires auxquels il répond, content et prévenant.

Puis, toujours en courant, il lève la main en direction d'une statue. Tout le monde suit son geste et aperçoit un autre homme, très vieux celui-là, lamentablement maigre, avec une petite barbiche pointue, qui, voulant se protéger des regards indiscrets, se cache derrière le gros socle d'une grande dame de marbre.

« Voyons, voyons ! » dit le chasseur et, ajustant son fusil à l'épaule, il tire en direction de la statue. C'est Marie de Médicis, la reine de France, fameuse pour son visage vieux, gros, vilain, arrogant. Le coup de fusil lui arrache le nez, si bien qu'elle paraît encore plus vieille, plus vilaine, plus grosse, plus arrogante, tandis que le vieil homme qui s'était caché derrière le socle de la statue se met à courir plus loin, effarouché, et finit, pour échapper aux regards indiscrets, par se tapir derrière Valentine de Milan, duchesse d'Orléans (celle-là beaucoup plus belle).

Les gens sont d'abord embarrassés par ce coup de fusil inattendu et par le visage de Marie de Médicis privé de nez; ne sachant comment réagir, ils regardent à gauche et à droite, attendant un signe qui les éclairera : comment interpréter le comportement du chasseur? faut-il le tenir pour condamnable ou plaisant? doivent-ils siffler ou applaudir?

Comme s'il devinait leur embarras, le chasseur s'écrie : « Pisser dans le plus célèbre parc français, c'est interdit! » Puis, regardant son petit public, il éclate de rire et c'est un rire si gai, si libre, si innocent, si rustique, si fraternel, si contagieux que tout le monde autour, comme soulagé, se met à rire aussi.

Le vieil homme à la barbiche pointue sort de derrière la statue de Valentine de Milan en boutonnant sa braguette; son visage exprime le bonheur du soulagement.

Sur le visage de Ramon la bonne humeur s'installe. « Ce chasseur ne te rappelle pas quelque chose ? demande-t-il à Alain.

— Bien sûr : Charles.

— Oui. Charles est avec nous. C'est le dernier acte de sa pièce de théâtre. »

La fête de l'insignifiance

Entre-temps, une cinquantaine d'enfants se détachent de la foule et se rangent en demi-cercle comme une chorale. Alain fait quelques pas vers eux, curieux de voir ce qui va se passer, et D'Ardelo dit à Ramon : « Vous voyez, l'animation ici est excellente. Ces deux types sont parfaits ! Certainement des acteurs sans engagement. Chômeurs. Regardez ! Ils n'ont pas besoin des planches d'un théâtre. Les allées d'un parc leur suffisent. Ils ne renoncent pas. Ils veulent être actifs. Ils se battent pour vivre. » Puis, il se souvient de sa grave maladie et, pour rappeler son sort tragique, il ajoute d'une voix plus basse : « Moi aussi, je me bats.

— Je sais, ami, et j'admire votre courage », dit Ramon et, désirant le soutenir dans son malheur, il ajoute : « Depuis longtemps, D'Ardelo, je voulais vous parler d'une chose. De la valeur de l'insignifiance. À l'époque, je pensais surtout à vos rapports avec les femmes. Je voulais vous parler alors de Quaquelique. Mon grand ami. Vous ne le connaissez pas. Je sais. Passons. À présent, l'insignifiance m'apparaît sous un tout autre jour qu'alors, sous une lumière plus forte, plus révélatrice. L'insignifiance, mon ami, c'est l'essence de l'existence. Elle est avec nous partout et toujours. Elle est présente même là où personne ne veut la voir : dans les horreurs, dans les luttes sanglantes, dans les pires malheurs. Cela exige souvent du courage pour la reconnaître dans des conditions aussi dramatiques et pour l'appeler par son nom. Mais il ne s'agit pas seulement de la reconnaître, il faut l'aimer, l'insignifiance, il faut apprendre à l'aimer. Ici, dans ce parc, devant nous, regardez, mon ami, elle est présente avec toute son évidence, avec toute son innocence, avec toute sa beauté. Oui, sa beauté. Comme vous l'avez dit vous-même : l'animation parfaite... et complètement inutile, les enfants qui rient... sans savoir pourquoi, n'est-ce pas beau ? Respirez, D'Ardelo, mon ami, respirez cette insignifiance qui nous entoure, elle est la clé de la sagesse, elle est la clé de la bonne humeur... »

Juste à ce moment, à quelques mètres devant eux, l'homme moustachu prend le vieil homme à la barbiche par les épaules et s'adresse aux gens qui les entourent par des mots qu'il prononce d'une belle voix solennelle : « Camarades ! Mon vieil ami m'a juré sur son honneur qu'il ne pisserait plus jamais sur les grandes dames de France ! »

Ensuite, encore une fois, il éclate de rire, les gens applaudissent, crient, et la mère dit : « Alain, je suis heureuse d'être ici avec toi. » Puis sa voix se transforme en un rire léger, calme et doux.

« Tu ris ? dit Alain, car c'est la première fois qu'il entend le rire de sa mère.

— Oui.

— Moi aussi, je suis heureux », dit-il, ému.

D'Ardelo, en revanche, ne dit mot, et Ramon comprend que son éloge de l'insignifiance n'a pas pu plaire à cet homme si attaché au sérieux des grandes vérités ; il décide de s'y prendre différemment : « Je vous ai vus hier, La Franck et vous. Vous étiez beaux, tous les deux. »

Il observe le visage de D'Ardelo et constate que cette fois ses paroles sont beaucoup mieux reçues. Ce succès l'inspire et une idée lui vient, d'emblée, l'idée d'un mensonge aussi absurde que ravissant qu'il décide maintenant de transformer en cadeau, un cadeau à quelqu'un qui n'en a plus pour longtemps à vivre : « Mais faites attention, quand on vous voit, tout est trop clair!

— Clair? Quoi? demande D'Ardelo avec un plaisir à peine dissimulé.

— Clair que vous êtes amants. Non, ne le niez pas, j'ai tout compris. Et ne vous inquiétez pas, il n'existe pas d'homme plus discret que moi! »

D'Ardelo plonge son regard dans les yeux de Ramon où, comme dans un miroir, se reflète l'image d'un homme tragiquement malade et pourtant heureux, ami d'une dame célèbre qu'il n'a jamais touchée, et dont il devient pourtant, d'un seul coup, l'amant secret.

« Mon cher, mon ami », dit-il, et il embrasse Ramon. Puis il s'en va, les yeux humides, heureux et gai.

La chorale d'enfants est déjà rangée en un parfait demi-cercle et le chef, un garçon de dix ans vêtu d'un smoking, la baguette à la main, s'apprête à donner le signal pour que le concert commence.

Mais il doit attendre encore quelques moments, car une petite calèche, peinte en rouge et jaune, tirée par deux poneys, s'approche avec bruit. Le moustachu dans sa vieille parka usée lève haut son long fusil de chasse. Le cocher, lui aussi un môme, obéit et arrête la voiture. Le moustachu et le vieil homme à la barbiche y montent, s'assoient, saluent pour la dernière fois le public qui, ravi, agite les bras, tandis que la chorale d'enfants se met à chanter *La Marseillaise*.

La petite calèche démarre et par une large allée quitte le jardin du Luxembourg et s'éloigne lentement dans les rues de Paris.

Composition PCA / CMB Graphic
Achevé d'imprimer
par Normandie Roto Impression s.a.s.
61250 Lonrai
Dépôt légal : mars 2014.
Numéro d'imprimeur : 1401129

ISBN : 978-2-07-014564-5 / Imprimé en France.

266410